「驚いたか？
これがハイエルフたる
わらわの魔力よ。
わらわにとって
草木や森そのものが
手足のようなもの。
おぬしらは
わらわの手の内に……、
体内に迷い込んだ
ようなものなのじゃ」
著 岡沢六十四
Illustration 村上ゆいち
異世界で土地を買って農場を作ろう
10
Let's buy the land and cultivate in different world
エルエルエルエル
エルシー

「そう、私がこんなに
力持ちになれたのは……、
豆をたくさん食べたから!!
豆を食べることによって
得られる超パワー!
エンドウ豆、落花生、
ピーナッツ! さらに
ホルコスちゃんの納豆を
毎日食べることで、
レタスレート

「私は超筋力を手に入れたのよ!!」
「そうですね、レタスレート」
ホルコスフォン

「ジュニア様にしゅくふくです～！」
「びぼーと、うたごえをプレゼントするのです～！」
大地の精霊
聖者キダンJr

異世界で土地を買って農場を作ろう
10
著 岡沢六十四
Illustration 村上ゆいち
Let's buy the land and cultivate in different world

contents

Let's buy the land and cultivate in different world

乳山羊の悩み

Let's buy the land and cultivate in different world

サテュロスのパヌが訪ねてきた。

彼女はウチに住む獣人の一種で、人と山羊が合わさった種族をサテュロスというらしい。

パヌは、農場在住サテュロスの代表格だが……。

「ピンチです」

なんかいきなり危急を訴えられた。

「どうしたんだい？　太りたくて草を食いにいったらトロールに道でも塞がれたか？」

「いいえ、私たちの前に立ちはだかるのは、トロールなんかよりもっと巨大で、邪悪な相手です」

俺の高度な異世界ジョークは完全にスルーされた。

「あと、太りたくないですからね！　太ってませんから!!」

少しは引っかかった。

「それで、トロールよりも邪悪で手強《てごわ》く不倶戴天《ふぐたいてん》だという相手は何者？」

「レタスレート様です！」

「なんで？」

この農場でアイツほどチョロいヤツはなかなかおらんだろうに？

「聖者様はご存知でしょうか？　レタスレート様が最近、新しい飲み物を開発されたと」

「ああ……」

正確には作ったの俺だけど。

「豆乳」

最近農場に住み込み始めた留学生向けに、豆をもっとアピールしたいという望みに応えて俺が開発したのだ。

豆を材料にして。

本当は豆腐を主目的として作ったんだけど、副産物として生まれた豆乳の方がブレイクした。

『豆乳を飲むとおっぱいが大きくなる』。

そうした風説の流布によって、豆乳は悩みを抱える女子から大人気。

豆マニアと化したレタスレートも高笑いが止まらない、そんな状況になっていた。

「レタスレート様は今、ホルコスフォンさんと協力して毎日大量の豆乳を生産しています！　そして配っています！」

「無償で？」

我が農場に貨幣制度がないとはいえ気前のいい……。

「おかげで、私たちサテュロスは大ダメージを受けております！」

「なんで？」

本当に『なんで？』と思ったが、俺はすぐに思い当たった。

彼女らサテュロスが我が農場で専従的に生産しているもの。

ミルク。

彼女らサテュロスは種族的に乳を出すことに長《た》けているらしく。それが理由で農場に来てもらったほどなのだ。

それ以降、パヌを始めとするサテュロスさんたちはせっせと乳を出して、我が農場に貢献してくれていたのだが……。

「その私たちの立場が！　脅かされる！」

「ないよ」

パヌの言いたいことが段々わかってきた。

要するに、レタスレートが生産する豆乳が、パヌたちの作るミルクにとって代わって農場の主要飲料になるかも、って恐れているのか。

「ミルクも豆乳もどっちも美味《おい》しいけど、ミルクの立ち位置は一種不動のものじゃないの？」

美味しくて料理にも使えて栄養がある。

ミルクの食品界における位置づけは一種神聖で動かしようがない。

「そりゃ豆乳も大人気だけど。お求めなのは主に独特なお悩みを持つお嬢様方でしょう？　そういうの関係ない、特に男性陣はほぼ皆、以前と変わらずミルクを飲んでいるんだし……」

慌てることもないんじゃないかな？

「いいえ！　そうした油断から没落が始まっていくのです!!」

意識高いなあ。

常にトップを歩き続ける敏腕経営者か何かか？

「豆乳に人気を奪われて……、ミルクなんかもういらないとなったら……、私たちは農場にいられなくなってしまいます！　農場の美味しいごはん、フカフカのベッド！　もう味わえないなんて耐えきれません！」

危機感の理由そっちか。

そして、なんかここからの流れが読めてきた。

勃興する新規参入者（豆乳レート）へ対抗するために、パヌ側も何かミルクに関する新製品が欲しいから……。

……俺に開発しろというんだな!?

俺、開発してばっかりだな！

「新規参入者に対抗するために新製品を作りましたので、聖者様に見てもらいたくて」

新製品、既に用意してあった。

手際がいいなあ。

＊　＊　＊

豆乳に対抗するために作りだされた新製品。

まあ、パヌが提供するものなんだから乳製品であることは間違いないんだろうが。

パヌたちは、ただ乳を搾るだけではなく搾り出した乳を加工して色んなものを作るからな。

バターとかクリームとか。

彼女らの故郷の村では、そうした製品を売り出しブランドにまでなっているのだとか。

「私たちがこのたびイチオシするのは……、チーズです！」

「あー……」

「えッ？　なんかリアクション薄い？」

チーズかあ。

たしかにそれも代表的な乳製品だよね。

わかるよ。

俺の前いた世界でもチーズは売り場に溢《あふ》れかえっていた。

ただなあ……。

俺自身チーズを食した経験は何度もあるけど……、なんていうの？

あの石鹸《せっけん》を噛《か》んでるような食感が何とも……。

「でもパヌたち、農場に来てからもチーズ作ってたよね？」

俺は……、前の世界での経験もあってチーズには手を出さず、もっぱらバターやクリームばかりを消費してたけど。

「はい！　なので今回ご紹介するのは、今まで作ってきたチーズとは違う、新型チーズです!!」

「新型チーズ？」

パヌの力の込め具合が凄《すご》い。

「新型チーズの開発にご協力いただいた方々を紹介します！」

「ど、どうも……！」「ばっかっす！」

登場したのは二人。

まず人魚チームの一人で『疫病の魔女』と呼ばれるガラ・ルファ。

そして酒を司《つかさど》る人と神のハーフ、バッカスではないか!?

「なんだこのカオスな取り合わせ!?」

パヌとガラ・ルファとバッカス。

こんな悪魔合体みたいな組み合わせでどんな合体事故が起きるというんだ!?

「大体なんでバッカスが来るんだよ？」

紹介された二人のうち一人に着目。

「お前が酒以外で役に立つとも思えんのだが？」

「それは酒の奥深さを知らぬ者のセリフだぞ聖者。何を隠そう。サテュロス族にチーズの作り方を教えたのは私なのだから」

「えッ!?　そうなのッ!?」

「もう何百年も前のことだがな」

バッカスによれば、彼がメインで生産していた葡萄酒《ぶどうしゅ》に合うおつまみを求めていた際、サテュロス族と出会い、共同研究の結果生み出されたのがチーズだという。

「そういうわけでバッカス様は、チーズの創造主！　新しいチーズを開発するためにお知恵を拝借したのです！」

　とパヌ。

「そしてバッカス様から授かったアイデアを基にして、今度はガラ・ルファさんの協力を得ることにしました」

　これまた唐突な組み合わせだよなあ。

『疫病の魔女』ガラ・ルファ。

　彼女の協力で、一体チーズがどう改造されるというのだ？

「チーズにカビをぶっかけました」

「うわぁ……！」

　そうだった。ガラ・ルファはファンタジー世界で珍しい、というか唯一と言っていい細菌の研究者。

　たしかに聞いたことがある。

　前の世界でもチーズの熟成にカビを利用するのだと。

「パヌさんの要請を受けまして。チーズの味をまろやかにするカビを薬学魔法で生み出しました！カビと細菌は、親戚のようなものなので！」

　ガラ・ルファが楽しそうに語る。

　自分の研究が求められるのが相当に嬉《うれ》しいのだろう。

「バッカス様のアイデアと、ガラ・ルファさんのカビで作り出された、新しいチーズがこれ！」

ガスンと、皿に載せてテーブルに置かれたチーズがこれ。

たしかに見てくれは俺の知るチーズそのものだが……。

「中に何か……、青いものが……」

これってあれじゃね？

青カビじゃね？

カビが混入しているチーズ!?

聞いたことがあるブルーチーズって言うんでしょ!?

まさか前の世界ですら食したことのないブルーチーズに異世界でお目にかかることになろうとは!?

「私たちの総力を挙げて、最高の味に仕上げてみました！　第一号の試食を是非、聖者様に!!」

と言われても……!?

そういう食品がある、と前もって聞かされていても、カビをそのまま口に入れるのはさすがに勇気の伴う行為……!?

しかしパヌの期待の眼差《まなざ》しを浴びながら『やっぱ無理』というわけにもいかず……!?

「ええい、ままよ!!」

食べやすく一口大に切り分けられたブルーチーズを口の中に放り込んだ。

勢いのままに。

そして……!?

「うまあああああああいッ!?」

美味《うま》し!!

ブルーチーズ美味し!?

「なんだ!? なんだこれ!?」

俺が前の世界で味わったチーズとはまったく別物だ!?

柔らかくてもっちりしていて、独特の歯ごたえ!?

まるでレア肉か、魚の刺身でも噛《か》んでいるかのようだ。

生の食感!? まさしくこれは生チーズ!?

「はッ!?」

そういえば、前の世界で小耳に挟んだことを思い出す。

チーズにはプロセスチーズとナチュラルチーズの二種類があるという。

スーパーとかコンビニで並んでいるチーズは、まずほとんどプロセスチーズ。

……これがナチュラルチーズというものなのか!?

「チーズがこんなにも美味しいものだとは、知らなかった……!?」

「なんという褒め言葉! 頑張って作った甲斐《かい》がありました!!」

パヌが感涙していた。

生魚生卵生牡蠣《なまがき》大好きな日本人にとって、ナチュラルチーズこそ嗜好《しこう》に合うものではないか?

異世界にやってきて、こんな出会いを味わえるとは!!

「聖者よ、感動中水を差して悪いが……、驚くのはこれからっす!」

そう言って酒の神バッカスが差し出したのは……。

一杯のワインだった。

赤々とルビー色に煌《きら》めいている。

「なんだ? 差したのは水じゃなくて酒じゃないか? それでこそ酒の神だが……?」

「いいから飲んでみるといい。そのチーズと一緒にな」

えー?

昼間っから酒臭いとプラティがジュニアを抱っこさせてくれなくなるんだが?

コイツも何か意図あってのことだし一杯だけなら大丈夫か?

指示された通り、まずナチュラルチーズを一齧《かじ》りして、ワインを一口……。

!?

「うまああああああああっ!?」

これまた美味しい!!

ワイン単独で飲むのとも、チーズ単独で齧るとも違う!

双方の味が互いを引き立て合い、何倍もの効果をもたらしているううううあああっ!?

「バッカス! お前がワインに合う食べ物を探し求めてチーズを開発したって信憑性《しんぴょうせい》が湧いたぞ!!」

「はっはっは、そうであろうそうであろう。葡萄酒とチーズの取り合わせは最高っす！」

はー。

なんか蒙《もう》を啓《ひら》かれた気分だ。

柔らかい生のチーズがこんなにも美味しいなんて。

でもよく思い出してみたら、ピザとかにのっけて焼いて柔らかく溶けたチーズもクッソ美味しいものな。

チーズは柔らかいほどに美味しいということ!?

「では我らも味見を……！」

この生チーズの開発功労者であるバッカスやガラ・ルファも試食。

「……おう、普通のチーズよりピリッと塩味が利いているなあ」

「熟成中に塩水たくさん掛けましたからねえ。中のカビが繁殖しすぎないように」

ガラ・ルファが言う。

チーズにカビを植え付けた張本人である。

「ガラ・ルファの合成したカビのおかげで風味もしっかり出ているからな」

「はい！　薬学魔法で特別に作製したスーパー青カビです！　熟成を十倍速く進めます!!」

速すぎじゃね？

ウチの農場ではいつものことか。

細菌大好き人魚であるガラ・ルファは、農場に来た当初こそ発酵食品製造に意欲を燃やしていたが、必要とされて農場の医務室勤務に甘んじていた。

最近は、留学の人魚学生たちが実習という形で医務室に勤め、ガラ・ルファにも余裕ができてきた。

心から大好きな細菌研究に没頭するのだろう。

「発酵熟成は、私の酒造りにも絶対必要な工程。私もガラ・ルファの協力を求めることばっかっす！」

「望むところです！　私とバッカス様で最高のお酒造りをしましょう!!」

「酒に合うつまみも!!」

ガッシリ握手しあう神と魔女。

この二人の協力が、のちに驚天動地の大事件に繋《つな》がっていくとは今の俺は想像だにしていなかったのだった。

……ってならなきゃいいがなあ？

「どうでしょう聖者様!?　このチーズ、皆さんに受け入れられるでしょうか？」

ことの発端であるパヌが不安げに覗《のぞ》き込んでくる。

「チーズの味自体は、素晴らしく美味しいし、文句のつけようがないよ？」

ただ……。

本当にそこまでして立場の安泰を図らなきゃいけないのか？

農場の皆は相変わらず、サテュロスのミルクを必要とするだろうし、それはこれからも変わらないと思う。

パヌにも安心してのびのびミルクを出してほしいのだが、上手《うま》い説得の仕方はないかなあ……？

そこへ……。

「あー、いたいた。パヌおーい」

我が妻プラティが小走りにやってきた。胸にジュニアを抱いて。

「……ん？　なにこの異様な面子《メンツ》の集まり？……当然のように酒臭い!?　旦那様！　酔っぱらった状態でジュニアには触らせないわよ!!」

予想通りジュニア接触禁止令が！

「待って！　飲んでない！　一杯しか飲んでない!!」

「そこはあとでじっくり問い質《ただ》すとして……、今はそれよりパヌ、またお願いしたいんだけど……！」

プラティがパヌへお願い？

それもまた珍しいな、一体何があるんだ。

「あれですね。かしこまりました……！」

そう言ってパヌは上着をまくり上げて、その内にある豊かな乳房をボロンと露出……!?

「旦那様は見るな！」

「うぎゃーッ!?」

プラティによって、目を塞がれる俺だった。

……。

視界を封じられて気配のみで察するが、どうやらパヌは、ウチのジュニアにおっぱいを与えているらしい。

「え？　なんで？」

赤ん坊におっぱいを与えるのは、主に母親の役目でしょう？

つまりプラティの？

「自分のが出る限りはジュニアに飲ませてあげたいんだけど、調子が悪い時もあるのよね……、そういう時はパヌちゃんにお願いを……！」

俺は目を塞がれて見えないが、今まさにウチのジュニアがパヌのおっぱいに口をつけ、食欲の赴くままに乳を吸っていることなのだろう。

「サテュロスは、種族の特性上いついかなる時でもミルクを出せるからなあ。母乳の出が悪くなった時の代行としては最適だろう」

バッカスが解説。

「しかもサテュロスの乳は、味がいいだけでなく飲む者に大いなる力を与えるという。赤子に与えるには最上級の飲みものであろう。我が父ゼウスも赤子の時分、何とかいう神山羊《やぎ》の乳で育ったと言うしな」

邪神の育ちに倣うのは、なんか嫌だけど……！

しかし……！

「それだッ!!」

俺は目隠しされながら、いいことを思いついた。

「ウチの大事なジュニアのためにお乳を与える。それこそサテュロスたちだけに務まる役目じゃないか!」

つまり彼女らの存在価値!

この役目がある限り、サテュロスたちには農場にいてもらわなければ困る!

「そうか……! 大切な聖者様の御子息《ごしそく》に飲んでいただく……! それこそ豆乳には務まらない、私たちのミルクだけの役目!!」

「そうだよ! だからキミたちは農場にいていいんだよ!!」

という感じで、上手く話をまとめられた。

パヌたちは存在意義を認められて満足し、加えて農場にはブルーチーズという新たな美味が誕生した。

いいことずくめじゃないか!

「……あッ、でも……!」

パヌが新たに気づいた。

「ジュニア様が成長して、ミルク以外もお飲みになられるようになったら、また私たちの存在意義がなくなってしまうのでは!?……お願いしますプラティ様! その前に二人目をお生みください!!」

「えええぇッ!?　何なの!?」

泣き付かれてプラティもわけがわからないようだった。

＊　＊　＊

ちなみに。

豆乳台頭によってシェア低下の危惧されたミルクだが。

その後特に生産量が落ちるとかはなかった。

結局、豆乳の効能を期待して飲みまくる女性陣は、巨乳揃《ぞろ》いのサテュロスたちが搾り出すミルクにも効能を期待して、同じぐらいがぶ飲みしまくるのだった。

……類感呪術的な？

ほら、やっぱり心配しなくてもミルクは誰からも必要にされて、安泰じゃないか。

誰が強いの

ある時、ウチに留学に来ている若い子が、こんなことを問いだした。

「オークボさんとゴブ吉さんは仲がいいから実現しないと思うけど、戦ったらどっちが強いの？」

しかも当の本人らに。

横から聞いてた俺は『何てこと質問するんだ』と思ったが、質問された張本人であるオークボとゴブ吉は……。

「どちらが強いかなんて、大したことじゃないんだよ」

「そう、私たちは聖者様の下で同じ目的に向かって働いているのだ。優劣を気にする必要がどこにある？」

大人!?

彼ら二人のあまりにも大人な対応に、俺自身が感動するほどだった。

そう、強いということに意味はない。

降りかかる困難や、嫌なヤツをぶちのめす時にのみ必要なもので、比べ合ったり、まして自分より弱い他人を見下すために使うものではないんだ。

いいこと言った！　俺！

「納得できません！」

今の答えに満足できない生徒がいた。

若手魔族のエリンギアだ。

人魔人魚族が分け隔てなく混在する農場留学生の中でも、はねっ返りで有名な彼女。

今日もビンビンで尖《とが》っておるぞ。

「私たちは魔王軍、つまり戦うことを職務としています！　そんな私たちにとって誰がどれほど強いかは一番の関心事！　おざなりにはできません！」

「リテセウスくんのことは関心ないのー？」

「誰だ茶化したヤツはぁーッ!?」

この青春的なやりとり。

いかにも学《まな》び舎《や》みたいな雰囲気でほっこりした。

言うのが遅れたが、ただ今は留学生を集めて農場授業の真っ最中。

本日はオークボとゴブ吉を特別講師にお招きしている。

その授業の中で飛び出したのがさっきの質問だった。

『……まあ、仕方のない心理と言えますかのう』

そう言ったのはノーライフキングの先生だった。

俺と共に授業の見学席にいらっしゃる。

『彼ら程度の年頃なら、誰が何番目に強いか拘《こだわ》るものです。くだらないものに拘るからこそ若さだと言えましょう』

千年以上を存在する先生の含蓄ある言葉だった。

『特にオークボとゴブ吉は、それぞれオークとゴブリンながら数段階の変異を果たした最強種。どれほど強いのかと興味を持ってしまうのも仕方ない』

そうですねえ。

オークボもゴブ吉も、我が農場で働くようになって随分長くなったが、最初はただのオークでゴブリンだった。

……はずだ。

なのにウチで働いていくうちに知らん間にパワーアップを果たしていて……。

オークボは……。

オーク→ウォリアーオーク→レガトゥスオークからの最終段階で……。

ユリウス・カエサル・オークへ。

またゴブ吉は……。

ゴブリン→スパルタンゴブリン→ブレイブゴブリンからの最終段階で……。

タケハヤ・スサノオ・ゴブリンへと進化している。

第一段階の変異で既にアスタレスさん辺りを圧倒していた彼らだ。

さらなる変異を経てどれくらい強くなったか、俺にもよくわからない。

そしてとにかく強さのランキング付けに拘る若者たちは興味津々なようだ。

『そうですなあ、ワシの見立てによるとオークボもゴブ吉も、世界二大災厄に並ぶ程度の実力はあるでしょうなあ』

なんかとんでもない見解がサラッと出た。

世界二大災厄。それはこの世界でもっとも凶悪最強とされる二種の存在、ドラゴンとノーライフキングのことだ。

「それって……、仮にオークボさんかゴブ吉さんが先生と戦ったら、先生に勝っちゃうかもしれないってことですか……!?」

留学生の一人が恐る恐る尋ねる。

ご自身ノーライフキングである先生は、苦笑しつつ……。

『その通り、ワシももう最強などと偉ぶってはおれぬな』

「いやいやいやいや……！」「滅相もない……！」

すかさずフォローに入るオークボとゴブ吉。

気配り人。

「我が君と並んで大恩ある先生にお手向かいするなど絶対にありません！　我々が先生に勝つなどというのも愚かな夢想です！」

『年寄りを敬ってくれるとは優しい魔物どもよ。好意を受け取るとしよう』

オークボ、ゴブ吉の尊敬の念によって先生の最強ポジションが固定されました。

こういう強くても慎み深いところを、留学生の皆も学んでほしいなあと思うのだが……。

「えぇ～、何そのグレー感……!?」

「なんだか収まりがつかないです。白黒はっきりさせたいですー」

「大人はいつもそうやって結論から逃げる！」

学生たちの評判は大層悪かった。

若い彼らは、何事も『1』か『0』かでしか物事を語れない。それがいつの間にか小数点をつけて、間の結論を出せるようになるのは成長したということか、それとも老いによる妥協か……。

「……では仕方ない」

俺は言った。

「彼らの疑問を解消するためにも、ここは一つ機会を設けようではないか。誰がどの程度強いか、疑念の湧きようがないくらいハッキリさせるための」

「我が君……、それは……!?」

オークボたちが不安そうに俺を見る。

……安心しろ、キミたちにガチンコ勝負させるなんてつもりは毛頭ない。

留学生たちを満足させるためなのだから、彼ら自身が当事者でなくては意味がない。

「そういうわけで、若者ら諸君には……」

我が農場の強者たちと、実戦形式で対決してもらう。

＊　＊　＊

唐突に授業は実技に変更された。

野外、耕作予定地の開けた場所に、人族魔族人魚族の若者たちが集っている。

「本日は、キミたちの日頃からの疑問を解消するためにこの場を用意した」

群衆に向けて俺は言う。

「ただ、傍観者として目で見たところで強さなど実感しにくいだろう。そこで、キミたちみずから当事者として、我が農場選《え》り抜きの強者たちと対戦してもらい、その強さを肌で実感してもらおうと考えた！」

その意図説明に、留学生たちからはブーイングの嵐。

「ぎゃー！　やだー！」

「殺される！　殺されるー！」

「オレは誰が強いかなんて興味ないのにー!!」

さすがに農場の基本的なレベルは皆熟知しているらしく、リアルな死の恐怖に打ち震えていた。

他人事《ひとごと》として誰が最強かと議論するのは楽しいが、自分がその中に放り込まれるとなれば別。

そういう感じなのだろう。

「大丈夫大丈夫、皆には殺さない程度に手加減してもらうから……」

実際のところ、こういう経験は授業としてもとても大切ではないかと思う。

世界最強レベルを実体験することによって世界の広さを感じ、見識を広めて思いやりの心を持ってもらおうと……。

「えー、では概要を説明します」

戦いは、人魔人魚の全留学生をまとめてvs農場から選出された代表者一人ずつとで対戦してもらいます。

それを聞いて留学生たちは、安堵《あんど》と戸惑いが同時に起こった。

「全員対一人……!?」

「それはいくら何でも不公平というか……!? オレたちのこと舐《な》めすぎてません？」

ほう？

ではキミたちは全員で一斉にかかれば勝つことができると？

俺が選りすぐった農場の精鋭たちに。

「選抜した農場代表者は全部で五人。つまりキミたちは五回戦を戦うことになる」

模擬戦だから勝とうが負けようが五回やるよ。

「あと一応断っておくけど、その五人の選抜者の中に先生とヴィールは含まれていません。あとホルコスフォンも」

あのレベルをぶつけるのはさすがに外道すぎると慈悲の心が動いた。

「あ、あのー……!?」

学生の一人がおずおず手を挙げる。

何かな質問かな？

「聖者様は、戦われるのですか？」

「いや、俺は常に司会進行と審判役だよ。戦うのはそれ以外の五人」

そう答えると、学生たちの間で俄《にわ》かに歓声が沸き起こる。

「よっし！　よっし！」

「レジェンドクラスが出てこないなら、何とか生き残れるかもしれない！」

「一勝ぐらいできるかも！」

と楽観的なことを話し合っておる。

じゃあ早速、農場側五人の闘士の一人に登場いただこう。

一番手は農場在住魔族の代表として参戦してもらった。

元魔王軍、四天王補佐。

ベレナ。

「ベレナ様……!?」

「ベレナ先生……!?」

若い女魔族の登場に、もっと若い学生たちは注目。

「ごきげんよう、アナタたちをブチのめす役目を仰せつかりました。『自称無能』のベレナです」

その二つ名まだ使うのか……!?

学生たちはベレナのことをよく見知っていた。

ただでさえ前職・魔王軍四天王補佐ということで魔族の子には名が知れているだろう。

そうでなくても学生たちの授業にはベレナが教師の一人として参加。魔王軍仕込みの戦術論を教えていたのでみんな彼女のことを知っている。

……余談だが、ここ最近は自己の存在意義を求めて葛藤することはそんなになくなったベレナだが、それでも新しい仕事を与えると尋常じゃなく喜ぶよ。

そんなベレナと対峙《たいじ》して、人魔人魚の学生たちは困惑する。

「ここで、キミたちの対戦相手五人の選考基準を前もって説明しておこう」

何故《なぜ》五人なのかという、数の意味を含めて。

「五人のうち三人は、各種族の最強という基準で選んでみた。人族、魔族、人魚族の中での最強だ」

もちろん『我が農場の住人の中で』というさらなる選考基準も重なる。

「ベレナは、ウチに住んでいる魔族の中で最強というわけだ。なので呼ばれた」

魔王さんやアスタレスさんは、たしかに魔族で俺たちの大切な友人だが、農場住まいではないため外れたとご理解ください。

「ベレナ先生が、魔族最強……!?」

説明を聞いて学生たちは、納得する顔納得いかない顔半々だった。

「……ということはベレナ先生のあとには最強の人族や、最強の人魚族が出てくると?」

「あくまで農場の枠内のね」

この農場の強さレベルを知りたい若者たちにはもってこいの顔触れだと思うけど？

「あの……、五人のうち三人がそうなら、残る二人は……!?」

「大かた察しはついてるんじゃないの？」

俺の含みたっぷりの物言いに、学生たちがお通夜みたいな雰囲気になった。

「さ、質問がなければ早速始めるよー」

「ちょっと！　ちょっと待ってください!!」

俺が試合開始の合図を発しようとするのを止めて、学生たち密集する。

作戦会議か。

「皆……、どう思う？　行けると思う？」

「先生やヴィール様ならどんなに足掻《あが》いても勝てるわけないけど、ベレナさんだろ?」

「たしかに一対一なら勝てないだろうけど、こっちは何十人でやるわけだから数の暴力で押し切れない?」

「オレもそう思う。さすがに勝てるだろう何十対一なら」

「さすがにアタシらのこと舐《な》めすぎだよねー?」

真剣に話し合っておる。

「そもそもベレナ先生って、どれくらい強いの? 教えて魔族組?」

「かつて四天王だったアスタレス魔王妃の副官だったから、そりゃ強いだろうけど……!?」

「評判から言えば、アスタレス様のあとに四天王になられたエーシュマ様や、『魔犬』バティ様の方が派手だけど」

「なんか地味な印象あるよねベレナ様……」

おい、もういいか?

ベレナさんも待ちくたびれておるぞ?

「よし! 行きます大丈夫です、やれます!」

「我々もやる時はやれると聖者様にお見せします!」

よし、その意気だ。

それでは留学生vs農場代表五闘士、第一戦。

ベレナ戦。

開始！

「右手から獄炎霊破斬……」

先に動いたのはベレナだった。

「……左手から青雷極天光を、交互に十七連射」

「「「「ぎゃあああああああっ!?」」」」

ベレナの右手左手から機関銃のように放たれる爆炎と雷光。

若き学生たちは一方的に吹き飛ばされて終わった。

「勝者、ベレナー」

「ちょっと待ってーッ!?」

やられた学生たちの中で、比較的ダメージの少ない子が叫んだ。

「何ですか今の、何なんですか今の!?　知ってますよオレ、獄炎霊破斬も青雷極天光も四天王クラスが奥の手として使う最強魔法じゃないですか！　なんでそれをポンポン連発できるんですか!?」

小パンチみたいな連打テンポのよさだったよね。

そこのところどうなのですかベレナさん？

「必要な魔力をしっかり溜《た》め、詠唱を省略し、精霊とのパスをしっかり繋《つな》げれば不可能ではありません」

「不可能ですよ！　それらの前提が不可能ですよ!?」

ベレナがやってのけた超絶魔法運用に皆、常識を破壊される気分なようだ。

「おあー、やってるやってるー」

するとと外野から、農場に住むもう一人の魔族娘バティがやってきた。

裁縫作業の休憩がてらかな？

「物凄《ものすご》い音がしたんで来てみたらやっぱりですねー。ベレナは本当こっちに来てから強くなりましたねー」

その言い方。

「最初から、こんなに強くはなかったと？」

「当然ですよ。最初に出会った時ここまでできてたらオークボさんたちに一方的に負けたりしなかったでしょう？」

アスタレスさんに付き従って攻め込んできた時ね。

言われてみればたしかに。

「ベレナは、自分の存在理由を求めて右往左往してた時期がありましたから。その時に先生に学んで滅茶苦茶《めちゃくちゃ》魔法のレベルを上げましたからねー」

『ベレナは、ワシが教えた中でもとりわけ熱心な生徒でしたぞ』

見学席の先生がお褒めの言葉を。

「私なんか針仕事にのめり込んで訓練疎《おろそ》かでしたから、今やベレナの方が圧倒的に強いですわー。もしかしたら現役の四天王より強いかもですねベレナ」

「それはないでしょう、ベルフェガミリア様がいるから」

「さすがにねー」

などと言い合って朗らかに笑うかつての相棒同士。

それをボロボロになった生徒たちは雲の上の会話に感じたことだろう。

「農場で生活して四天王級の実力を手に入れたなんて……!?」

「そんな……」

数十人で袋叩《ふくろだた》きにしたら勝てると思っていた学生たち、格の違いを見せつけられる。

そこへベレナ、指導者然とした口調で言う。

「皆さん、私はかつて、この土地で自分を見失いかけました。必死に自分を探し、できることは全部やってたら力を身に着けていました……」

自分探しも捨てたもんじゃないな。

「皆さんも、この土地で自分が何者になれるかよく考えてみてください。今日の経験もちゃんと糧になるはずです。先生の下で習えば、皆さんもすぐ私ぐらいの魔法使いになれますからね！」

「いや無理だと思うよ？」

若者たちの前でなんか教育者っぽく振る舞ってみせるベレナは、まだまだ迷走が続いている気がした。

「さて……」

これで第一試合ベレナ戦は、学生たちの惨敗という結果で終わった。

「では次第二試合ー」

「「「ちょっと待ってえええええッ!?」」」

学生たちから悲痛な叫び。

「もう行くんですか!?　次行くんですか!?　こんな完膚なきまでに負けたのに!?」

「勝っても負けても五回戦うって言ったでしょう？　まだ第一試合が終わったばかりだよ？」

「そう言われましても！　オレたちベレナさんの情け容赦ない攻撃によって全員ズタボロなんですけど！　とても戦闘続行不可能なんですけど!?」

情けないことを言うなあ。

「でも大丈夫だ。そのために先生に来てもらったのではないか」

『では行くぞお』

先生が杖《つえ》を振ると、緑色の安らかな光の粒子が無数に散る。

その光は雪のように舞い散りながら落ちていき、大ダメージを負った学生たちの体に付着する。

緑光が弾《はじ》けると同時に、体の傷も消えていき健康な状態へと戻っていく。

「先生の回復魔法なら死んでも甦《よみがえ》る。皆、気兼ねなく玉砕するように」

「鬼かッ!?」

準備が整ったところで今度こそ第二試合と行くか。

「さっきも説明した通り、対戦者の選抜基準は、各種族の農場最強というコンセプトだ。次の相手は、農場の最強人族」

「農場で一番強い人族……!?」

前口上に反応して学生たちの緊張感も上がっていく。

農場最強の人族とは誰なのだろうか、と。

「それでは登場してください！」

元人間国の王女レタスレート……!!

「レタスレート……王女……?」

なんだその拍子抜けな表情は?

レタスレートが農場最強の人族でおかしいのか?

「ふっふっふ……、悪いけど手加減しないわよ。覚悟しやがるがいいわ……!」

「頑張ってくださいレタスレート」

傍らで友だちのホルコスフォンが応援していた。

その上で……。

「レタスレート様が次の対戦相手なんですか!?」

レタスレートは、滅ぼされた人間国の元・王女。

それだけ有名人で、留学生も何人かその正体に気づいていたが……。

「そうだけど、何か問題でも?」

「いやいやいやいやだって! 人族最強が選考基準でしょう? 何と言いますか、いいんですか?

あれが最強で!?」

そうは言っても、あくまで『農場在住』と範囲を絞っての最強だからな。

我が農場に住んでいる人族は、レタスレートを除けばバッカスのところで働いている巫女《みこ》さんた

ちぐらいのもの。

あとはミルク作りしているサテュロスも厳密に人族サイドといえるようだが、どちらも戦闘職ではない。

「結果、このレタスレート農場在住人族の最強ということに……！」

「単なる消去法じゃないですか!!」

まあね。

留学生たちは、拍子抜けの極致みたいな感じになっていた。

先のベレナに比べてなお、この局面でのレタスレートの登場は意外すぎたのだろう。

場違いと言っていい。

「いいの……？　本当にやっちゃっていいの……？」

「ちょっと小突いただけで泣きそうなんだが……？」

「いくら人間国の王族に恨みがあるとはいえ……!?」

「弱い者いじめなど、魔王軍の軍人にあるまじき行為だ!!」

いずれの発言もレタスレートをクソザコ認定するところだが……。

「来ないの？　じゃあこっちから行くわよー」

もう試合は始まっていた。

レタスレートが駆け出した。ただその速度が、疾風すらも上回っていた。

「うわッ!?」

学生は驚いたことだろう。

気づいたら、自分のすぐ目の前にレタスレートが立っていたのだから。

「はあっ」

レタスレートの繰り出す拳。学生の一人が反射的に防御して、その拳を摑《つか》んだ。

しかしそれは、レタスレートがそうするように仕向けたのだった。

「力比べ、しましょう？」

「へ？　うおおおおおおおッ!?」

レタスレートの手を摑んだ生徒『王女様と肌接触』と感動する間もなく絶叫。

力に押されて腰が弓なりに反りかえる。今にも地面に倒れ込みそうだ。しかし地面に倒れないのは、学生の方が全力で抵抗し、力で押し返そうとしているからだろう。

しかしレタスレートの手はまったく押し戻されない。

「えッ!?　どういうこと!?」

「力負けしている!?　お姫様に!?」

周囲で見ている他の学生たちも大困惑。

レタスレートに押されている学生は、とりわけ体格がよくて力自慢のようだったが、それでもまったく抵抗できていなかった。

既に両手を添えて力を込めるが、レタスレートの片手にまったく敵《かな》わない。

「どういうことだ!?　人間国のお姫様がマッチョブルなんて聞いたことないぞ!?」

「それだけ怪力自慢なら、魔王軍との戦争でも活躍できたんじゃないの!?」

唐突すぎるレタスレートの怪力設定に、若者たちは混乱するばかり。

そのただ中にいてレタスレートは得意げだった。元々調子に乗りやすいヤツだ。

「フフフ……、私だって最初から華麗で最強だったわけではないわ。強さには弛《たゆ》まぬ努力の土台があるのよ……！」

華麗というわりには泥臭いパワータイプだが……。

「そう、私がこんなに力持ちになれたのは……、豆をたくさん食べたから!!」

「豆!?」

「豆を食べることによって得られる超パワー！　エンドウ豆、落花生、ピーナッツ！　さらにホルコスちゃんの納豆を毎日食べることで、私は超筋力を手に入れたのよ!!」

レタスレートはさらに力を込めて手を押す、相手の学生はついに支えきれなくなって海老《えび》反りのまま地面にめり込んだ。

……めり込んだ？

「ひいいいいいッ!?」

「なんて馬鹿力……!?」

恐るべきは豆パワー。

豆によって無双の怪力を手に入れたレタスレートは、充分に農場最強の人族と言って過言ではなかった。

「豆を食えば誰だって、これぐらい力持ちになれるのよ！　豆さえ食えば!!」

「信じられるかッ!?」

レタスレートは、自分で地面にめり込ませた学生を、今度は逆に引っ張って土中から引っこ抜く。

当人はめり込まされた衝撃で既に意識を失っていたが、レタスレートは、その気絶学生の足を持って……。

「ふぃん……！」

持ち上げた。

天に掲げるように、棒か何かに見立てて。

「まだまだ行くわよー」

気絶学生を振り下ろし、横に振り薙《な》いで、右手から左手に、左手から右手に軽快に持ち替えて。

要は人体そのものをビュンビュン振り回している。

人の体をヌンチャクみたいに……!?

ビュンビュンビュンビュン風切る音を鳴らしながら、人体を振り回している……！

風圧で、土煙が舞い上がるほどに。

「さあ、何処《どこ》からでもかかってらっしゃいー」

「「「きゃあああああああッ!?」」」

しかし、そのあまりにも異様な光景に怖気《おじけ》づいた学生たちは、我先にと雪崩を打って逃げ散ってしまうのだった。

第二試合。

農場側レタスレートの勝利。

「豆さえ食べれば強くなれる！」

「そうですねレタスレート」

レタスレートとホルコスフォン、二人の豆愛による勝利だった。

＊　＊　＊

「なんだキミたちー？　二連敗とは情けないなー？」

ベレナからレタスレートと立て続けにボコボコにされた留学生たち。

「では第三試合へと行きましょう」

「ちょっと待ってえええッ!?」

学生側からもはや聞き慣れたフレーズがまた繰り返された。

「も、もうけっこうです！　農場の強さ恐ろしさは充分理解できましたから！」

「そうは言っても、魔族人族と農場最強をお呼びだてしたんだから、やはり人魚族最強にもお出ましいただかないと完璧じゃないでしょう？」

そう第三試合の選手は、人魚族においての農場最強。

となれば出るのはやっぱりこの人。

「はぁい」

「「「「プラティ様あああああッ!?」」」」

主に人魚族の、マーメイドウィッチアカデミア農場分校生が絶叫を上げた。

「パッファの方が出てくるかと思った？　別にあの子でもよかったけど、今日はお願いして代わってもらったの」

抱きかかえているジュニアを俺に預ける。

「せっかくママからアナタたちのことお願いされたのに出産、子育てと慌ただしくてかまってやれなかったものね。今日がいい機会、アタシからもしっかりアナタたちに教えてあげようと思って……」

これまでの対戦相手は、農場に来てから急激にパワーアップしたというパターンの輩《やから》たちだった。

しかしこのプラティは、最初から強い。

「たっぷり勉強してね、アタシが『王冠の魔女』と呼ばれる意味を……！」

結果から言って、第三試合はそれ以前より遥《はる》かに増して一方的なものになった。

プラティの薬学魔法は凄《すさ》まじいばかりに最強で、しかも強さの質で言えば『完璧』というタイプでの最強だった。

パッファ級の凍結魔法薬。

ランプアイ級の爆炎魔法薬。

ガラ・ルファの魔法細菌やゾス・サイラの魔法生物まで使って着実かつ円滑に蹂躙《じゅうりん》していく。

「何でもできる万能型、それが『王冠の魔女』の恐ろしさ」

解説役のパッファさんがコメントをくださる。

「突出した強みがない代わりに弱点もない。一分の隙もない堅実さ、まさに王侯の戦い方だよねえ」

元々格下が格上に勝つには隙なり弱点なりを突かなきゃならないんだから、隙も弱点もないのが特徴のプラティほど格下から見て絶望的な敵もない。

無論奇跡の大逆転など起きようはずもなく、プラティは学生たちを最後まで蹂躙し尽くすのだった。

僕はリテセウス。

農場で学ばせてもらっている人族の留学生だ。

ここからは僕ら留学生の視点に立って話を進めていきたい。

* * *

ここまでの展開は地獄絵図だった。

『農場の強さ水準を実地で知ろう』という考えから始まった農場代表vs僕ら留学生の五番勝負。

第三試合まで終わって三戦全敗。

しかも惨敗に近い形で一方的に。

戦いに参加したベレナさん、レタスレート姫、プラティ奥様はいずれも次元違いの強さで、何十人といる僕ら留学生を圧倒した。

その中には当然僕も交じっていて、一緒くたに圧倒されるだけだった。

僕もここ農場に来て、今まで経験したこともないものを様々経験し、力をつけてきたつもりだったが……。

その自信を一瞬にして打ち砕かれた。

農場、奥が深すぎる……！

僕もそうだが、それ以外の留学生もほとんどすべてが心を折られて消沈していた。

「どうしてこんなことに……!?」

「誰かが余計なこと言ったからだろ……？」

「誰だよ!?　農場で一番強いのは誰？　とか言い出したのは誰だよ!?」

言わんでもいいことを言って舌禍を招いた犯人探しが行われていた。

「はいはいはい、愚痴を言うのはまだ早いわよー」

子守をする聖者様に代わって、プラティ奥様が司会進行を務める。

「何故《なぜ》ならまだ試合は終わっていないから。五番勝負のうち三勝負が済んだだけよ。反省会は、全部終わったあと」

「まだやるんですかッ!!」

僕らもう心がボッキボキに折れまくってるんですが!?

「そりゃそうよ。むしろこれからが本番。ここまでは準備体操みたいなものなんだから」

「準備体操で手も足も出なかったんですかッ!?　オレらッ!?」

生徒の一人が絶叫するが、どうしようもない。

「彼らは別の場所で待っているから、そこまで送ってあげるわ。せいぜい健闘することを祈っているわ」

心にもないことを言ってプラティ奥様は、僕らに魔法薬を振りかけた。

これは!?

強制転移魔法薬!?

肌についた魔法薬の効能によって、僕たちは一人残らずどこぞへと強制転移させられるのだった。

＊　＊　＊

そして到着。

うーん、ここはどこだ?

「森!?」

周囲にはたくさんの木立が並んでいて、木の葉に日光遮られて鬱蒼《うっそう》とした雰囲気は、まさに森。

僕ら生徒は、全員まとめて森の中に飛ばされたらしい。

「これだけの人数を強制転移させることもまた常識外れだが……!?」

農場には常識外れなことしか存在しないのかッ。

「で、何故森の中なんだ……!?」

これまで行われた三試合は、それこそ試合にはちょうどいい開けた広場で行われたのに。

こんな遮蔽物満載で、いかにも動きづらい森の中で?

……いや。

皆薄々とだが勘付いている。

だからこそ緊張している。

次の対戦相手は誰なのか？

考えてみればおかしな話だ。

ここまでの三試合に登場した対戦相手のコンセプト。

人族魔族人魚族、それぞれの農場最強を選出したという。

なのに五番勝負。

では残りの二人は一体、どういった基準で選抜されたのか？

まったく別の基準ではないのか？

そう、そもそもこんなことになる発端となる発言があった。

その発言の中には、誰のことが語られていたか？

『オークボさんとゴブ吉さんは仲がいいから実現しないと思うけど、戦ったらどっちが強いの？』

つまり、待ち受ける残りの二人とは……!?

「出たぞおおおお――――ッ!?」

仲間の一人の声が上がった。

恐怖と混乱に裏返った声だった。

声のした方を振り向くと、たしかにいた。

そこには。

大鎌を振りかざした真っ青なる騎士が……!!

「ゴブ吉さんだあああああっ!!」

農場のモンスター軍団を束ねる双璧の一方。

ゴブリンのゴブ吉さんだ。

愛馬ミミックオクトバス号にまたがり、愛用の農具大鎌を携えた彼は、完全に死神騎士の様相だった。

やっぱり五番勝負の四番目と五番目は、あの二人なんだ。

「逃げろおおおッ！　ゴブ吉さんに敵《かな》うわけねええええッ!!」

学生の一人が悲鳴と共に逃げようとするが……。

その時には彼の背後にゴブ吉さんがいた。

その大鎌を、相手の首筋に添えて。

「動くな……、動けばこのマナメタル製、草刈り用大鎌が、雑草同様にキミの首を刈り取るぞ」

「草刈り用なんですか!?　大鎌なのに!?」

「大きい方が一振りでたくさん刈れるだろう」

そう言われては指一本動かせない。

今にもオシッコちびりそうな表情をしてる、鎌を突き付けられた学生。

だがゴブ吉さんはいつの間に相手へ接近したんだ？

最初にゴブ吉さんが現れた地点と、叫び声を上げた学生との間には五十歩以上の距離があった。

その距離を詰めるところを、僕は確認できなかった。

普通なら走ったり歩いたりして相手に迫らなければいけないのに、その過程を一切挟まず一瞬のうちに移動していた。

まるで転移魔法のように一瞬で移動したみたいだ。

「では、次に行くか」

そう言ったと共に、ゴブ吉さんの姿が消えた!?

……と思ったら、別の学生の背後にいた!?

本当に転移魔法でも使っているのか？

「ふむ……、通常の速度では何が起こったかわからんかキミたちには……」

呆《あき》れ顔で言うゴブ吉さん。

「では、もう少し速度を緩めてやろう。何も理解できないまま蹴散らされては勉強にならないからな」

「……う……!?」

「キミたちは学生だ、だからこの戦いで学ばなければいけない。何故キミたちが私にまったく歯が立たないのか。『わけがわからないまま負けました』ではいけない」

厳しいなあ……!?

「ではまず、足に注目しなさい。我が愛馬ミミックオクトバス号の足に」

足？

ゴブ吉さんの騎馬の足が何だというのか？

ゴブ吉さんの乗っている馬は、主人同様小柄でロバのような体格だ。

特に何の変哲もないように思えるが……!?


……？


ヒッ!? な、なんだ!?

ゴブ吉さんの乗ってる馬の足が、なんか曲がり出した。

しかも中途半端な曲がり方じゃない!?

馬の足が曲がって、曲がって……、円を描くほどに曲がって……!?

しかもそれだけに飽き足らず円を何重にも重ねて……!?

「我が君が言うには、この形態をバネ状というのだそうだ。我が愛馬ミミックオクトバス号は、人魚ゾス・サイラ様が作製してくださったホムンクルス馬。タコ型モンスターの性質を加味され、馬とは思えぬ柔軟性と瞬発力を併せもった馬なのだ」

バネ状……っていうの？

四本足全部をそんな風にして、瞬発力を蓄積したゴブ吉さんの馬は……、ある瞬間、爆《は》ぜた。

凄《すさ》まじい勢いで跳躍。

僕らの頭上高くまで舞い上がる。

「今度はかなり速度を遅めにした。ちゃんと見えているな？」

それでかなり遅めですか!?

目で追うのにも苦労するんですが!?

ここは鬱蒼とした森の中であるため、飛び上がるにも大した高度にはならない。

森の中だから。あまり高く飛びすぎると、広がる枝葉に突入してしまうからだ。

しかしゴブ吉さんに不都合はなかった。

飛び上がったゴブ吉さんとその愛馬は、並び立つ木の幹の一つに飛びつくと、反動を利用して地面目掛けて飛び込んできたからだ。

猛スピードで。

「うひゃあッ!?」

ゴブ吉さんの飛び込んでくる先にいた学生が、恐怖と驚きのあまり悲鳴を上げる。

しかしその時には、ゴブ吉さんはふわりと着地して、彼の背後を取っていた。

愛用の大鎌を喉元に添えて。

「こういうわけだ」

ああやってゴブ吉さんは、僕らの背後を次々渡っていたのか。

今回は加減してくれたので僕らにも何とか理解できるスピードだったが、本気になれば何が起きたかすらわからない。

まさに超スピードゴブリン!?

「理解できたところで、そろそろ本気でいこう。寸止めしてやるから下手に動くなよ。我が大鎌は草を刈るための鎌だから、動物の血を吸わせたくない」

そう言ってゴブ吉さんは僕らの視界から消えた。
実際は猛スピードで僕らの目に留《と》まらないだけなのだが。
猛スピードによる蹂躙《じゅうりん》が始まった。
っていうか蹂躙されすぎだろ僕ら何回目だよ!?

ゴブ吉さんは一言でいえばスピードのバケモノだった。

特殊な機能を持った騎馬を乗りこなし、目にも留《と》まらぬスピードで空間内を飛び回る。

彼の持つ大鎌はマナメタルを研ぎ上げた特別製で、僕らの首などそれこそ枯れ草のごとく刈り取るだろう。

遮蔽物の多い森林は、彼らが飛び回るのに格好の足場となり、木の幹の反動を得ては縦横無尽に飛び回った。

「うおおおッ!?　何処《どこ》だ何処だ!?」

「固まれ皆!　互いの背中を合わせて死角をなくすんだ!　その程度で対処できるスピードでもないけれども!」

「ちょっと待って……、なんか崩れた輪郭の軌道だけしか見えなくて何とも言えないけど、滅《め》茶《ちゃ》苦《く》茶《ちゃ》飛び回ってるのが二つない!?」

「ゴブ吉さんが馬から降りたんだ!　あの人、自分の足でもあの馬並みに速く動けるんだ!?」

「じゃあなんで馬に乗る必要が!?　うわあああッ!?　高速で動く物体が二つになって余計わけわからないいいいいいいッ!?」

しかも今の速度は、僕たちが何とか捉えられる程度にまで加減されたもので、本気になれば、それこそ何が起きているかわからないほどにまで速くなれる。

僕たちは遊ばれているんだ。

「強い……!?」

やっぱりゴブ吉さんの強さは本物だった。

これまでの三試合でぶつかった相手、ベレナさんの魔法も、レタスレート姫の怪力も、プラティ奥様の堅実さも、ゴブ吉さんのスピードの前では何の意味もなさない。

何かしようとするより早く先手を打たれて終わりになるからだ。

これが真の農場最強の一角……。

タケハヤ・スサノオ・ゴブリンのゴブ吉の力。

「そして農場最強の一角は……」

ゴブ吉さんはストップし、超加速の世界から戻ってきて姿を現した。

そして言う。

「もう一人いるぞ。今さら勿体《もったい》ぶる必要もないから紹介しよう、五人目の対戦者を」

森の奥に、誰かいた。

今までまったく気づかなかったのに、その瞬間いきなり気づけたのは、相手が息を潜めるように断っていた気配を解放したからだった。

まるで爆発するような勢いだった。

「まさか……ッ!? そこに…ッ!?」

いた。

もう一人の最強。

オークのオークボさんが。

彼もまた愛馬ギガントロック号にまたがり、愛用の斧《おの》（伐採用）を携える。

その佇《たたず》まいはもはや王者の風格。

「って言うか!?」

ゴブ吉さん一人にも翻弄されてんてこ舞いなのに、ここでオークボさんを投入してくるとか非情ですか!?

思いやりがなさすぎる!?

「私が最後の対戦相手だ。キミらはもうゴブ吉の速さに手も足も出ないようなので敗北確定と判断して出張らせてもらう。……戦うからには、ゴブ吉とはまた違った強さの形を示してやろう。キミらの後学のためにな」

お気遣いなく!!

あまりに衝撃的な出来事が立て続けで理解力が追い付きませんので！

もうお腹《なか》いっぱいいっぱいです！

「キミたちに、また違う色合いの敗北をプレゼントしよう。『エンペライズ・プレッシャー』」

その瞬間、オークボさんの体から凄《すさ》まじき気迫のようなものが発せられた。

ゴオオオオオオッ、と。

……いや、待って……？

気迫って、目に見えるものなのかな？

オークボさんの体から発せられる気は、目に見えるほど濃厚で、まるで空気が光り輝いているかのようだった。

しかも目に見えるだけではない。

この森の中に生い茂る木々が、気迫に押されてベキベキと折れ倒れていく!?

質量と攻撃力を持った気迫!?

「オークボ殿、あまり無闇に木は倒さないようになー？」

「わかっている。被害を最小限に収めるように、速攻で勝負を付けよう」

そう言って迫ってくる大量気迫の覇者!?

あの気迫に呑《の》み込まれるだけで僕らなんか押し潰されて死んでしまう!?

一歩、一歩……。

ゆっくりだが着実にオークボさんは接近してくる。

その巨大な気迫と一緒に。

まるで壁がそのまま迫ってくるかのようだった。

ゴブ吉さんとはまた別の質の、強大すぎる力。

ゴブ吉さんが『動』の最強ならば、オークボさんは最強の『静』。

何者にも捉えられないスピードのゴブ吉さんなら、オークボさんは誰も抗しきれないパワー。

その二種類の、紛《まぎ》れもない最強に挟まれて、僕たちは泣くことしかできなかった。

＊　＊　＊

「はい、終了」

迫りくる気の壁が、目と鼻の先に迫ったところで止まった。

それまで僕らはまったく生きた心地がしなかった。

オークボさんから裂帛《れっぱく》の気迫が消え、姿なきゴブ吉さんも超加速の世界から帰還。

「ちょっと脅かしすぎたかな？　これで農場の、一般的な強さの水準をわかってもらえただろう実感として」

「キミたちの疑問も解消できて、よりよい体験になったと思う」

いや……。

衝撃的な体験すぎて頭が付いていきません……。

聖者様の農場は、どんだけ強固な戦闘能力によって固められているんですか!?

「までも、強さなんて農場では特に意味はないけどな」

「えー？」

「農場は、農作業して自給自足するための場所だからね。自衛以上の兵力などいらんのだよ」

多分、地上最強級の力を持ったオークボさんがこともなげに言うのだった。

「今回の模擬戦で我が君がキミらに伝えたかったことはまずそれだ。私たちは、自分が強いということを特に誇ってもいないし、必要だとも思ってない」

「もっと大事なものがあるのだ。そのことをしっかり覚えておかないといけないよ」

オークボさんとゴブ吉さんの話を聞いて、何かズッシリ重いものを腹に入れられたような気分だった。

農場に来て様々なことを教えてもらい、飛躍的に強くなったと思う。

実際そうなのだろう。

しかしどれだけ強くなっても虚《むな》しさが付きまとうのは、この農場では、強くなった上にさらなる強者がいるからだ。

常に、何人も。

こんな状況では、どれだけ強くなっても驕《おご》ることなんてできない。

でも、それこそが強くなる上でもっとも大切なことと思う。

「キミたちはいずれ、この農場で学び終えて、それぞれの祖国へ帰るだろう」

「その時、ここで学んだことを正しく使えるように、今日の体験が生きてくる。弱者を虐げるためではなく守るために、ここで培った力を使うのだ」

オークとゴブリンから教え諭されてるなんて……。

このお二人はただ強いだけじゃない。

人格者一級免許取得。

こんなオークとゴブリン見たことない！

「これで五番勝負は終了だが、ボコボコにしてすまなかったな。しかしそれもキミたちののちの財産になると思って！」

「じゃあ、オークボ殿が気迫で薙《な》ぎ倒した木を片付けるか」

「細かく割って薪《まき》にしたらエルロン殿が喜ぶかなー？」

「切り株に接ぎ木したら早めに復活するんじゃないか？　ハイパー魚肥も追肥して……」

細やかな気配り……!?

あれだけの強大パワーを持ちながら自然への配慮を怠らないなんて、やっぱりお二方は根っからの農夫なんですな!?

戦士ではなく。

それが聖者の農場の、農場たるゆえん……!?

＊　　＊　　＊

「……そうだ、リテセウスくん」

ゴブ吉さんが、僕の名を呼んだ!?

「戦闘中、キミの動きはなかなかよかったな。動き回る私を常に目で追えていた」

「おお、ゴブ吉殿もそう思うか。私の『エンペライズ・プレッシャー』にも、最後まで対抗しようとする意志を見せたし、いよいよとなったら斬りかかろうとしてきたからな。それで慌てて止めたんだ」

いやいやいやいや……。

そんなの、できたって意味ないことですよ。

ゴブ吉さんのスピードを目で追えても実際動きが追い付かなきゃ対処できませんし。

オークボさんの気迫に対抗しようとしたのは完全に破れかぶれで、ただのクソ度胸です。

本当に、虚しいばかりですよ……!!

そうして畏《かしこ》まっていると……。

「そうして謙遜できているのが才ある証拠だ。リテセウスくんはきっとよい次世代の担い手となることだろう」

「新しい時代を背負って立つような男にな……」

二人の剛勇モンスターから貰《もら》ったお墨付きを、僕はまだ実感ないまま受け止めた。

未来のことよりも、今は今の大変さの方が身に染みるのだった。

農場発展ぶりを振り返る

— Let's buy the land and cultivate in different world —


俺です。

突然ですが、我が農場の発展ぶりを改めて見直してみようと思う。

最初は俺一人から始まった農場。

何もない更地を開拓して畑を広げ家を建て、様々に色んなものができてきた。

基本的に計画性などなく思いついたらすぐ実行するので、農場には色んな施設や建物が散在している。

無秩序だ。

まあ無秩序無計画については反省したり改めるつもりはない。

規則計画で息詰まるような思いは前の世界で『もーたくさん』という気持ちがあるので、こっちの世界では思いつくまま気の向くままで通したい俺である。

農場で一緒に生きる仲間にも気楽にやってほしいので、何か新しいことを始めるにも俺に許可する義務などない。

そっちの方が楽しいと思うから。

ただそうした無秩序発展で、我が農場もけっこうカオスなことになっているから一度振り返り、整理し直してもよいだろう。

我が農場、建造施設再確認。

とはいえ大半は畑や田んぼであるのだが、建造されているのは主に農場に暮らす人々の住居だ。

中心には農場主である俺自身が住む屋敷。

かなり初期に建てた屋敷だが、のちを見越して大きめに建てたので、まだまだ間取りに余裕がある。

寝起きしているのは俺とプラティ、ジュニア一家。

その他バティベレナの魔族娘コンビ。パッファ、ランプアイ、ガラ・ルファの人魚娘トリオなど初期メンバーもここで寝起きしている。

レタスレートとホルコスフォンもそうだ。

バティが新しい衣服を作り続ける被服室や、ガラ・ルファが詰めている医務室も、この屋敷の中にある。

またヴィールは自分の支配するダンジョンと農場とを気分次第で行き来しているが、農場にいる時は大体、この屋敷で寝起きしている。

というか最近は屋敷にいることが圧倒的に多い。

そろそろ本当にアイツのダンジョン、樹霊たちに占拠されるんじゃないだろうか？

屋敷に極めて近い裏手に、オークボゴブ吉を始めとするモンスターチームが寝起きする集合住宅がある。

住居の形態から俺は『モンスター長屋』と呼んでいるが、本当に長屋のような様式で、横に長い建物を細かく仕切っていて、各部屋にオークやゴブリンたちが暮らしている。

それはリーダー格のオークボやゴブ吉も変わらず、世界最高級のパワーを持つとは思えない質素さだった。

他、屋敷周辺にはエルフたちの働く工房も並んでいる。

陶器工房、ガラス工房、革工房など。

またエルフたち自身が寝起きするための宿舎も別にある。最初は森の民のプライドとして屋根の下で寝ることを拒んでいた彼女たちだったが、何だか暮らしていくうちにフカフカベッドや可愛《かわい》いパジャマが羨ましくなったらしい。

そこそこの葛藤の末に文明的就寝を受け入れた。

宿舎は彼女たち自身で建てたもので、伐《き》り出した木をそのまま組み上げたプレハブ造り。

家屋なのにアウトドア感があって、時々ここで寝起きしている彼女らが羨ましくなってしまう。と言っても『ここに泊まらせて』とお願いしたら別の意味が発生してしまうため、絶対言わないが。

さらにパヌが代表を務めるサテュロスのミルク製造場、バッカスが巫女《みこ》たちを率いて運営している酒蔵はちょっと離れたところにある。

けっこう農場が発展してきた時期に建てた施設だから。

サテュロスたちの職場ではミルクだけでなくバターやクリーム、そしてチーズなども生産しているので案外大きめの施設だ。

酒蔵もビール、ワイン、日本酒または蒸留酒など多種多様に生産しているので施設は大きく複数ある。

各自、職場施設の中に生活スペースがあるためそこで寝起きしている。

さらに次、現状我が農場でもっとも新顔と言える人族魔族人魚族の住むスペース。

そこはオークたちが急ピッチで建造してくれた。

元々大工仕事のしすぎで建築マニアの感が出てきた彼らだからむしろ喜んで。

新しい試みに挑戦して、三階建てとかサラッと建造していきやがった。

留学生は、三種族が分け隔てなく一緒に生活するよう取り決めてあるが、寄宿舎自体は二棟建てた。

性別で分けるためだ。

種族の垣根は取り払っても、男女の垣根まで取り払ったら想定を超えて仲良くなりかねない。

エリンギアとリテセウスの件で学んだ。

農場の風紀を乱したくなかったのでそこは線引きした。

現状、マーメイドウィッチアカデミアから来たカープ教諭を寮監として厳しく取り締まってもらっているため、間違いは起こらないと思うが……。

必要以上に起こらないと思うが……。

……そうだ。

いい機会なので、留学生たちが日頃どんな風に学び生活しているかも一緒に紹介しておこう。

農場で、種族間の交流をしながら各種族の次世代を支える人材に育つべしと教育を施すのが留学企画の目的。

なので若き学生たちは基本的に授業を受ける。

さすがに校舎まで建造するのは面倒だったので机といすと黒板だけ用意し、青空教室。

講師は、ノーライフキングの先生を中心に据え、ベレナやパッファがメイン。

時おり特別講師として魔王さんやアスタレスさん、アロワナ王子といった各国の王族も教壇に立ってくださる。

他にも旧人間国領主ダルキッシュさんが領地経営学。パンデモニウム商会長シャクスさんが経済学。ドワーフの王様エドワードさんが工学と……。

なんか凄《すご》いエリートカリキュラムじゃね？　と思ったりする。

もちろん農場に住んでいるからには学ぶだけではなく、働かざる者食うべからずということで農作業を手伝ってもらったり、戦闘実習と称してダンジョンに入って狩りをさせたりしている。

そうでもしないと、さすがに育ち盛り食べ盛りを五十人近く養っていくことはできないからな。

ただ何にしろ……。

我が農場もだいぶ人が増えた。

ここまでの回想で出てきた人数をざっと合計しても二〜三百人はいるのではないか。

これに加えて大地の精霊たち、ポチを始めとするヒュペリカオン軍団など人外組を含めたらどれだけの数になるのか。

もはや、けっこう大きめの村と言っても過言ではないよなあ。

ここまで思い返した施設も『人が住んでるもの』に限っていて、その他にも醸造蔵や冷蔵庫、温泉、ホルコスフォンの納豆研究室、生活水を流し込むための水路、魔法蒸気船ヘルキルケ号を係船するためのドックなど……。

他にも施設は大小無数にある。

そうして大きくなり、適当の規模を持った我が農場だからこそ……。

新しい問題も出てきて……。

＊　＊　＊

「……人が足りない……！」

ということだった。

『またか!?』と誰かから言われそうだが、これは結局のところ定期的に必ず起こる問題だろう。

特に今回、人手不足を痛感したきっかけは、留学生たちの大量流入。

彼らが必要とする住居や生活用品一式を揃《そろ》えるのにも相当な手間暇だ。もちろん食料もいる。

それらを生産し、賄うにしてもオークボやゴブ吉たちの手だけでは不安になってきた……。

「それらを再確認するための、農場施設の振り返りだったのだ……」

さてどうする？

人を増やすのは簡単ではあるものの、その繰り返しでここまで大きくなってきた我が農場だ。

1．手が足りないので人を増やす。

2．増加した人口を賄うために農地と住居を増やす。

3．拡大した農地で手が足りなくなったので人を増やす。

4．そしてまた増加した人口を賄うために農地と住居を増やす。

この繰り返しで巻き起こる人口インフレスパイラルを無策で見過ごすのはちょっと……、という気もする。

無秩序無計画でいいとは言ったが、さすがに農場運営の根幹に関わることはな……！

「あー、人手を増やさず作業を効率化させる方法ってないかなー？」

オートメーション化する？

いやいや、異世界で機械化なんてそれこそ一大事業だし大変すぎる。

やっぱり魔王さんかアロワナ王子に頼んで人足を募集してもらうか、はたまた先生のダンジョンでまた擬人モンスターを見繕ってくるか……!?

「なんだい、また人手のことで悩んでるのかい？」

「お？」

そんな俺に声をかけたのは、『凍寒の魔女』パッファだった。

農場に住む人魚族の一人で、人魚国の王子アロワナさんの婚約者。

「うん、畑も広くなったしやることも多いしで、今より多くの人手はやっぱ欲しいと思うんだけど。

無闇に人口を増やすのもなんか気が咎《とが》めてね……！」

「それならいい手があるけど？」

なんですと!?

「あれをあのまま放置しとくのももったいないと思ってたんだよねー。農場で再利用するならいいんじゃない!?」

パッファ！

キミから妙案を出してもらえるとは思ってもみなかった！

人口問題や作業問題に一家言があるなんて、さすが未来の人魚王妃。

して、キミ秘蔵の人手不足問題解決案とは、何なんだい!?

自動人形の手を借りる

Let's buy the land and cultivate in different world

パッファの人手不足解決案に乗ることにして、俺たちはある場所を訪れた。

そこは魔族の領土、魔国の一区画。

しかも、もんの凄い山奥だった。

だがそこまで来るのに苦労は要しなかった。

転移魔法で一ッ飛びに来れたからだ。

つまりパッファは、一度ここに来たことがある。

「あー、懐かしい。さすがに山奥だけあって変わりがないねー」

転移魔法は、あらかじめ設置しておいた転移ポイントに向かってしか飛ぶことができない。

つまり一回直に足を踏み入れ、転移ポイントを設定する魔法作業を行わなければ、そこへ行くことはできないのだ。

この山奥に設定された転移ポイントは、パッファが設えたものであるに違いない。

でも、何の理由があってこんなところにそんなものを?

「あれも変わりないまま残っていればいいんだけど……。あー、あったあった」

パッファの進む先に、何やら建物があった。

こんな山奥にお屋敷!? なんか謎の連続殺人が起こりそうな!?

「大丈夫ここ!?　危険じゃない!?」

怯《おび》える俺にパッファが答える。

「大丈夫大丈夫、人形がたくさん置いてあるだけだから」

人形館殺人事件!?

なんかそんなミステリ小説ありそう!?

いやそんな話じゃなく……!?

パッファがあまりにもサクサク屋内に入っていくので、俺もビビりながらあとに続くしかない。

訪問すると、早速人形らしきものに出迎えされた。

それもたくさん。

「うひいいいい――――ッ!?」

俺、さすがにビビる。

玄関ホールが人形だらけ。

十や二十どころじゃなく、もっとたくさん数えきれないくらい。

しかも一つ残らず壊れている。

人形はいわゆる球体関節というヤツで、プロポーションが人間よりのリアル感があるから、壊れている姿はなおさら不気味。

顔形だってマネキンみたいにやたら人に寄せてあるんでなおさら怖い。

頭が叩《たた》き壊されていたり、上半身と下半身が泣き別れになっていたり。

凄惨な光景だ。

一体ここでどんな惨劇が繰り広げられたの!?

「懐かしいねえ……、ここに立っていると心がほんわかしてくるよ」

ほんわかするのパッファさん!?

ここにどんな思い出が残ってるの!? 痕跡を見る限り悪夢のような思い出しか発生しないと思いますけど!?

「まあ悪夢のような思い出だけど」

「やっぱり!?」

ここでやっとパッファは、この館で起きた悪夢の惨劇を話して聞かせてくれた。

かつて人魚国のアロワナ王子が、地上で武者修行していたことがある。

その旅にパッファも同行していたのだが途中立ち寄ったのがこの館だと言う。

「この辺りを治めている領主に頼まれてね。山奥に奇妙なヤツが住んでいるから様子を見てきてほしいって」

「奇妙なヤツ?」

「その正体が数十年前の天才が生み出した、自分で動く人形……、オートマトンだったってオチさ」

自動人形……!?

この世界にもそういうシロモノがあるのか。

じゃあ、ここにたくさん転がっているのも？

「アタイと旦那様が力を合わせて壊しまくったのさ……！　本当に懐かしい。二人の共同作業だよ……！」

パッファが恋する表情でうっとり想《おも》いを馳《は》せるが、でもこれ二人だけの共同作業じゃないよね？

ハッカイやソンゴクフォンもいたでしょう？

「でもなんで、そんな思い出の地に再びやってきて……？　あッ!?」

思い至った。

農場の人手不足問題と、ここにたくさん転がっている自動人形。

それがカッチリ結びつくとしたら……？

「自動人形をウチの農場で働かせる気か!?」

「飯を食わせる必要もないし、寝床もいらない。理想的な労働力だろう？」

それで俺をここに連れてきたのか!?

「でも、ここらに転がってるのは皆ぶっ壊れてるぞ？　使おうとしてもまともに動かないんじゃ……？」

「そこまで壊れてないヤツを見つけて回収するのさ。九千八百体もあるんだから、ないってこたないだろ」

九千八百体!?

そんなにたくさんあるの!?

「百体もあれば充分労働力になるんじゃない？　アンタたち、選別頼むよ！」

この場には、俺とパッファの他にもオーク、ゴブリンたちが多数同行していた。

彼らに破損軽微の自動人形を選別してもらい、農場に持ち帰る算段だろう。

ちなみにその中には、かつてアロワナ王子パッファと共に旅したハッカイもいる。

皆テキパキと作業を進めてくれた。

「でもさあ？　一応ここ魔国の領内なんでしょう？　地主に断りなく領地のもの持っていって怒られない？」

「聖者のくせに細かいこと気にするヤツだねえ。心配しなくても魔王さんに根回しして許可は取ってあるよ」

パッファは本当にアウトローぶりながら根回しを欠かさぬ女だ。

そして魔王さん、骨を折ってくれてありがとう。

頼りになるのは権力のある友だち。

「さーて、じゃあアタイも状態のいい自動人形見つけてやるかねえ。新品同然のヤツ発掘してやるよ！」

「俺もー」

皆に働かせて俺だけぼうっと突っ立ってるわけにもいかない。

俺もこの残骸の中からお宝を発掘してやるぜ！

趣旨違う？

「ほーい、じゃあノルマ一人二体って感じで。でも慎重に怪我《けが》ないようにねー」

「「「「はーい」」」」

現場には、俺やパッファやオークゴブリンたちだけでなく、他に何人も同行者がいた。

いつも暇そうなレタスレートとホルコスフォン。

人魚族のランプアイも同行していた。

あとエルフたちも数人。そしてベレナも故郷魔国でのイベントということで参加している。

実際、農場の外で何かすることなど滅多《めった》にないので、珍しいもの好きが集まったって印象だ。

我が妻プラティも来たがっていたが、俺も出かけて彼女も出かけてはジュニアを見る者がいなくなるというのでやむなく留《とど》まった。

ヴィールもそれに倣った。

好奇心よりジュニアへの執着が勝った感じ。

「アタイの旦那様もタイミングよくいてくれたら、一緒に来られたのにねえ。二人であの日のことを懐かしみたかった……！」

パッファの言う旦那様というのは、アロワナ王子のことで二人は結婚の約束を交わしている。

「隙あらばイチャつこうとする……！」

「ちげーよ。……旦那様はね、この館の主のことを気にかけていたからね」

この館の主？

荒れ果てて、ずっと誰も住んでいない廃屋に見えますが？

「何十年も前に死んだ魔族の魔法研究者だよ。才能を認められないまま失意のうちに死んでったそうだ。……才人を見いだせないのは為政者の失態だって、自分と重ねていたねえ……」

真面目なアロワナ王子らしい。

「その死んだ天才が遺《のこ》した作品を、一部なりとも農場で有効利用できると知れば旦那様も喜んでくれると思ってね。ま、コイツら農場に連れ帰って、働かせるところを見せてあげれば充分目的は果たせるんだけど……」

いつだってアロワナ王子第一主義なパッファだ。

この勢いなら、彼女が新しい人魚王妃になる日も遠いことではないだろう。

そう考えてほっこりしていると……。

「我が君、我が君ー！」

同行のオークたちが何やら騒がしい。

どうした？

「大物です！　大物を発掘してしまいましたー！」

大物？

どういう意味だ？　まったく壊れたところのない綺麗真《きれいま》っ新《さら》、新品同然の自動人形を発見したってこと？

どれどれ……、と見に行ってみると……。

本当に超絶デカい自動人形が発掘されていた。

「大物だああああああッ!?」

文句のつけようもなく物理的に大物。

他の自動人形より三倍以上の全長があった。

しかも厄介なことに、その巨大自動人形は他の残骸人形のように機能停止しておらず、元気に暴れ回っていた。

「危ねえええッ!!　退避いいいいいいッ!?」

その巨体で、遺憾なく朽ちかけた廃屋をぶち壊していくので、生き埋めになっては堪《たま》らないと皆逃げる。

「パッファあああッ!?　あれ!?　あれも自動人形おおおおッ!?」

「形状から見て間違いないけれども、おかしいねッ!　前来た時はあんなのいなかったよ!?」

訪問歴のあるパッファですら知らない模様。

あの大きさからして見逃すことなんてないはずだが、一体どこに隠れていた!?

そして何故《なぜ》今さら現れて、かつ元気に暴れておる?

「いや考えてる場合じゃねえええ、このままだと踏み潰されるうううッ!!」

……と思ったが、そんなことにはならなかった。

騒ぎを聞きつけて駆けつけてきた仲間たちが一斉に攻撃を加え……。

ホルコスフォンのマナカノンを始め、ランプアイの爆炎魔法薬、ベレナの極大魔法連射、ハッカイのセイントオーク拳などが全弾命中し、巨大自動人形はあえなく粉砕されしまった。

「……ウチの子たちってつよぉい……！」

でも結局、あの巨大自動人形はそれこそ一体何だったんだ？

九千八百一体目の夢、壊れる

— Let's buy the land and cultivate in different world —


私の名はマリアージュ。

天才魔法研究者である。

私は才能を持って生まれた。

それまでの常識を覆し、新しい常識を開始させるに足る才能である。

私は世界を変えるために生まれてきた。

私の才能を立証し、世に広めるためには権力者の後援がいる。

私は魔族に生まれたので、魔族における最高権力者・魔王の下に赴き、私の天才を思う存分アピールしてやったのだが……。

『夢物語はいらんぞえ』

……そう言われて摘《つま》み出された。

なんというバカ者か!?

私の天才を理解できずに追い出すなど、どれだけの世界への損失かわからないのか!?

世界は、在り方を間違った。

あんな無能を魔王に祭り上げるなど、世の中が間違っているに違いないではないか。

この私を認めないなど、世の中が間違っているに違いないではないか!!

いや、これはむしろ天啓だろう。

間違った世界を叩《たた》き壊し、正しい世界へ作り替える。

そのために私の天才があるのだと。

私は私の才能の使い方を悟った。

そういう意味では記念すべき日だった。

私を認める世界を作り出すために、今ある世界を壊そう。

この私の天才をもってェッ!!

＊　＊　＊

そう決意してから早三十年。

私の夢は叶《かな》えられそうになかった。

我が独自魔法理論を実用化して形と成した自動人形。

これの完成に三十年も費やしてしまった。

たった一体作るのに。

ここまで来ると『あれ？　私ってひょっとして天才じゃなかったんじゃ？』という気もしてくる。

なんてったって三十年だもの。

無根拠に自分を信じられたのは若さゆえ。その若さも時の経過ですっかり失われてしまった。

当初の予定じゃたった一年でこれ完成させる手筈《てはず》だったのになあ。

それを三十年て……。

自分の要領の悪さが改めて浮き彫りとなる事態でしかなかった。

自動人形。

たしかに我が才能のすべてを込めた最高傑作ではあるが、これ一体だけでは何も変えられない。

せめて一万を超える大軍団ぐらいでないと。この世界を変えることもできないし、魔王軍と戦えない。

これからその一万体を作り出す？

無理だ。

完遂するより先に確実に我が寿命が尽きる。

これが私の才能の限界ということか？

結局私は、世界を変えることなど能《あた》わぬ凡才だったというのか？

いや、ここで諦め現実を受け入れてしまっては、自動人形作りに費やした三十年がそれこそ無駄になってしまう！

それだけは認めない、絶対に認めるものか！

よしこうなれば、新しいプランを立てよう。

計画達成までに私の寿命が足りないというなら。寿命を継ぎ足せばいい。

老いて朽ちるこの体を捨て、新しい体に替わるというのはどうだ!?

幸い新しい体にはアテがある。

自動人形だ。

我が才覚が生み出した魂なき稼働体に、私の記憶意識を移し替えればいいのだ。

天才の私にかかれば、それぐらいお茶の子さいさい朝飯前！

よし、どうせならば新しい体は最強の体がいい。

第一号機が完成したことで、自動人形開発のデータはしっかり揃《そろ》っているからな。

これを基礎とし、さらなる改良最適化を加え、戦闘型の最強自動人形を、我が新たなる体にしてやるのだッ!!

その完成の暁には、その超絶戦闘力によって今度こそ魔国を滅ぼし、私の才能を認める新世界を作り出してやるのだあああッ!!

＊　＊　＊

……それからさらに四十年が経《た》った。

さすがにもう私、ヨボヨボ。

年中腰が痛いし、歩くのもしんどい。歯が抜けた。

こんなザマなのに山奥の研究所で一人生活できているのは、四十年前に完成させた自動人形一号機が身の回りの世話をしてくれるからだった。

ありがとう、本当に助かったよ。

……ごはんはさっき用意してくれたろ？

同じ指示を絶えず繰り返すのがコイツの試作機たるところだよな。自動人形一万体製作プランは廃案だって言ったのに、暇を見ては自分の同型機を量産してるし……。

しかし、コイツの世話になるのも今日で最後。

四十年の歳月をかけて、ついに私自身の新しい体が完成したのだから！

試作機の一号機より遥《はる》かに高性能な発展型自動人形！　これこそ私の新しい体に相応《ふさわ》しい！

……結局一号機よりもさらに製作時間かかっちゃったけど。

さらに、ちょっと色々新機能を搭載しすぎて、それを整合させるために拡張を繰り返したら、いつの間にかドラゴン並みの巨大さになっちゃったんだけど…!?

……まあいいか。

デカいは強いだ。巨大自動人形と化した未来の私が、魔都を破壊し尽くすその姿が目に浮かぶよう！

よぉし！

ではついに最終工程。私の意識を巨大自動人形に移し替える！

それが達成された時、巨大自動人形はこの私マリアージュ自身として完成を見るのだ。

この意識転送用台座に座って……。

転送開始！

全データ転送完了予定時間……。

八十年後!!

＊　＊　＊

……始める前になんで気づかなかったのだろうか？

人格データの転送時間が長すぎる。

それだけ知性体の持つ記憶やら感情やら意識やらのデータ容量が大きいということだろうが……。

元の私の体は、データ転送が開始されると同時に生命活動を停止して後戻りもできないし……。

記憶意識は一旦転送装置に保管されるから、元の体は腐ろうが乾こうが全然問題ないんだが……。

何で吸い出すのは一瞬なのに、新たな体へ流し込むのには数十年もかかるんだ。

いやもういい。

すべては済んだことだ。

まさに今日、八十年の時を超え人格データ転送作業は、ここに完成を見たのだから。

ここに爆誕。

巨大自動人形マリアージュ・ツー!!

試作機自動人形を作り出すのに三十年。自分自身の新しい体とするため発展型自動人形を製作して四十年。その体に人格データを移すのに八十年！

……しめて百五十年かかってしまった……！

しかし過ぎ去った時間も過去のもの！

大切なのは今！

今こそすべての準備が整って、魔国への復讐《ふくしゅう》が始まるのだ。

旧《ふる》き世界をぶち壊して、新たな世界を創造する。

そのために甦《よみがえ》った私は、機械仕掛けの巨神なのだ!!

さあ、巨神体を設置してある研究所最下層部から這《は》い出すぞ。

研究所にもはや用なし、倒壊したってかまわない。

……ん？

なんかえらく残骸が多いな？　しかも自動人形の残骸ではないか？

一号機のヤツ、私が人格データ移行作業に入ったあともせっせと量産していたというのか？

でもなんで壊れてる？

ともかく地表に出てみると、思ったより様子がかなり違っていた。

何やらたくさんの者たちがおる。

魔族やオークゴブリン……、人族まで？

その中に交じっている、あの背中に翼の生えた女は何族だ？

よくわからん。

このバラエティに富んだ顔ぶれは……？

よくわからんがまあいい。

本格稼働した私といきなり出会うとは不幸以外の何物でもなかったな。

この機械仕掛けの巨神マリアージュ・ツーによる新世界創造の前祝いとして、全員死ぬがいい！

この巨大自動人形機体に搭載された腕部は、オーク四百体分の筋力を持つ！

一薙《な》ぎしただけで、地表すべてを根こそぎにする！

目の前にいる魔族も、人族も、オークやゴブリンごとき擬人モンスターなども！

何百人束になって掛かったところで、まったく相手にならぬわ！

あの翼の生えた女も、ちょっぴり研究心を刺激されるがどうでもいいだろう。

我が天才的偉業の前では些末《さまつ》な問題に過ぎない。

命あるものもすべて皆殺しにしてやるわああ!!

……と思ったら。

「マナカノン斉射」

「獄炎霊破斬と青雷極天光！」

「セイントオーク拳！」

「我がオリジナルレシピ爆炎魔法薬を食らいなさい！」

「豆パワーラリアット！」

なんか物凄《ものすご》いものの一斉攻撃が来て、私はあえなく木っ端微塵《こぱみじん》になった。

なんで？

やっと完成した結果がこれなのか……!?

絡繰仕掛けの天才(自称)

| Let's buy the land and cultivate in different world |

俺です。

ああビックリした。

なんかいきなり超巨大自動人形が出てくるんだもん。

館ミステリものと思いきや怪獣特撮ものに急きょ変更なんて聞いてないですわ。

……まあ。

いずれも俺の勝手な思い込みなんですけどで。

さらに言えば、トリックを凝らした殺人犯だろうが巨大怪獣だろうが粉砕できる戦力をウチの子たちは有しているので結末は変わらない。

実際、満を持して登場の巨大自動人形もあっけなく崩壊し、ただの残骸と化しちゃってるけども。

「本当に何だったんだ……⁉」

今回引率役のパッファが訝(いぶか)しげに巨人の残骸を覗(のぞ)きこむ。

「前来た時はこんなの出てこなかったのになあ? こんな切り札があったんなら使わないはずがないだろうに……?」

その切り札も瞬殺されたんですがね……。

偶然か意図してか、残骸となった巨大自動人形は頭部のみ無傷で転がっていた。

攻撃が胴体に集中してか、本当に計ったように傷一つない。

これがセオリーなら、機械だってんで何事もなく頭だけで喋《しゃべ》り出すんだろうけど……。

『このおおおおッ！　貴様らああああああッ!?』

おうッ!?

まさか本当に喋《しゃべ》り出した!?

『一体何者なのだああッ!?　完全無欠の存在となった、この機械仕掛けの巨神マリアージュ・ツーをおおおおッ!?』

自動人形は頭部だけになって喚《わめ》き散らしている。

よく喋る人形だなあ、自動人形は皆こうなのだろうか？

「んッ？　今の名前……!?」

パッファが反応する。

「なんだ？　何か引っかかることでも？」

「いや、今この人形が名乗った名前、たしか自動人形の製作者と同じような……!?」

名前？

たしかマリアージュとか言ってたな？

「自分の作品に自分の名前つけるってのもよくあるんじゃない？　なんかコイツいかにも特別そうだし……」

『フン……！　いいところを突くが惜しいな。私は、我が最高傑作にして、私自身だ!!』

何言ってんだコイツ？

「え？　キミがキミで？　最高傑作で？」

『だから私がマリアージュ自身だというのだ！　世紀の天才！　誰も作れないものを作れる！　時代の開拓者！　それがこの私マリアージュだ!!』

「えー？」

巨大自動人形は喚《わめ》きたてるが、俺たちの側は半信半疑。

「自動人形を発明した魔法研究者マリアージュは、もう百年以上前の人物だよ？　とっくの昔に亡くなって、この世にはいないよ」

パッファの話では、死体も既に確認済みだという。

前に訪れた時、土に埋めて葬ったとのことだが。

「……じゃあ、コイツが製作者マリアージュを自称しているのは……？」

『凡人の頭脳では到底理解できないだろうが教えてやろう。天才の偉業を知り、天才の偉大さを思い知るがいい!!』

首だけになった巨大自動人形は、聞かれてもないのに自分の出自……、どういう目的で作られ、どう生まれたかを語りだした。

コイツ自身が凄《すご》く語りたいヤツだ。

証言をまとめたところ、コイツは製作者マリアージュの人格データを移し替えられたという。

死期を悟ったマリアージュが、死後もなお存在し続けるために取った方策。

みずからの作り出した自動人形の一体に、自分の記憶意識をそっくりそのまま転送する。

そうすることで元の肉体が滅び去ったあとも存続できるということらしいが……！

「……どう思うパッファ？」

「迂闊《うかつ》に信じるのはちょっとね……。コイツら自動人形はただでさえ思考回路が短絡的で、自分がマリアージュだって信じ込んでるだけな可能性もある」

「そういうこともあるの？」

「実際ここで最初に会った自動人形は、マリアージュが死んだことにも気づけてなかったからね。コイツらの頭の作りは所詮その程度。このデカブツも『記憶を移された』って設定を信じ切っているだけなのかも……？」

パッファがそう言うと、巨大自動人形の頭部は『なんだとおおおおッ!?』と怒り出した。

『ふざけるな！　私は稀代《きたい》の天才マリアージュだ！　最高傑作に生まれ変わったマリアージュだ！天才の偉業にケチをつけるか凡才風情があああッ!!』

プライドに関わることなのか、パッファの懐疑へ全力抗議する巨大自動人形（頭部のみ）。

『世界へ復讐《ふくしゅう》するために、私自身が自動人形へと人格移植したのだ！　私自身の手で、私を認めなかった世界に復讐するために、最強自動人形へと転生したのだあああッ!!』

「既に敗北してるってのに何でここまで偉そうなんだ……!?」

もう復讐できませんからね。

アナタ自身を含めてすべての自動人形崩壊してますから。

「でもだからと言って、コイツが本当にマリアージュの魂？　を移し替えられた転生体だって証明することもできないしなあ？」

「できるんじゃない？」

ことも なげに言うパッファ。

マジで？

「さすが六魔女の一人」

「いやいやアタイには無理だけど。先生辺りなら朝飯前で可能なんじゃないかなって」

先生かあ……!?

基本的に不可能ないからなあの人。

『先生？　何処《どこ》の誰だか知らんが、私の偉大さを証明できると言うならしてみるがいい。私の天才的発想を理解できる頭脳を有していればの話だがな！』

今や頭だけとなっているヤツが、何やら得意げに言う。

『どんなに偉かろうが、世間から認められようが、私を理解することなど不可能なのだ。私が天才だからだ。天才は誰からも理解されないから孤高なのさッ！』

高慢なようでもあるが、どこか拗《す》ねているような印象もあった。

まあ、当人も望むなら白黒ハッキリさせてみようじゃないか。

コイツが、本当に過去の魔法研究家マリアージュの記憶をコピーされた分身なのか。

それともただ単に、勝手に信じ込んでいるだけなのか。

それを先生に判別してもらうため、俺たちは転移魔法にて巨大人形の頭部ごと農場へと帰還した。

＊　＊　＊

そして先生と対面。

ノーライフキングの先生と。

『はわわわわわわわわ……!?』

凄《すさ》まじき瘴気《しょうき》を伴う先生を前に、自動人形マリアージュは人形のくせに表情をこわばらせた。

『ノーライフキング……!?　ノーライフキングうううッ!?』

『いかにも、皆から「先生」と呼ばれているノーライフキングであるが』

先生は人格者で、たとえ相手が頭部だけとなった人形でも敬意を失わなかった。

それに対して自動人形の方ときたら……。

『聞いてねえええええッ!?　聞いてない！　ノーライフキングだなんて聞いてない!!　世界最凶の存在ではないかあああッ!?』

いくらビビったからといっても礼儀は払いなさい。

ご本人様の前ですよ。

「それで先生……、この人形なんですが……？」

『当人の言う通りで間違いないでしょう』

概要をパッと説明しただけで即座に判断を下してくださった。

つまりこの人形の中に本当にマリアージュの魂が？

『この人形からはプシュケーを感じます、プシュケーの発露は魂あるものの証明。当人の主張通り、この者の魂は肉体を脱し、この絡繰仕掛けの体に移し替えられたのでしょう』

『おお！　おおおおおッ!!』

本人が一番驚いてるじゃないか。

口では豪語しながら自信なかったのか？

「やっぱり先生は凄いですねえ。一目で魂があるかどうかを見抜いてしまうなんて」

『我らアンデッドにとっては重要なことですからな。同じ不死者といえど、魂を失わずに自律活動する者と、既に魂を失い傀儡《かいらい》と成り下がったリビングデッドとは大きな違いがあります』

「なるほどー」

『アンデッドとの戦いに慣れた上級冒険者なども見分けられると思いますぞ』

ということで、この自動人形はマリアージュさん本人であると確定しました。

確定したからといって何かあるわけでもないけど。

いや、ホントどうしよう……!?

『しかし、なかなかよい出来ではありませぬかな？』

先生が、巨大な人形の頭部を見上げて言う。

『魂を別のものに移し替える……。魂の加工それ自体も超越者の領域で、我らノーライフキングでもなければ不可能と思っていましたが、まさか生身の人類に実行できる者がいるとは……』

『……』

『さらに人形も出来がよい。そうでなければ魂の入れ替え先として成り立ちませんが、この仕上げ、努力と情熱のあとが見えるようではありませんか』

『は？』

『……ありがとう』

そこで俺と先生は同時に気づいた。

頭部だけとなった巨大人形の両目から、涙が流れ出ていることに。

「ひッ!?」『うひぃッ!?』

さすがに俺も先生も驚いて引く。

『初めてヒトから認めてもらった……！』

「え？」

『私のしたことを、初めて認めてくれる人が現れた……！　ありがとう、ありがとう……！』

『お、おう……！』

本気で感涙する人形に、俺も先生もどう対応していいかわからず『そうですか……！』と相槌《あいづち》打つので精一杯だった。

っていうか泣く機能までついてるのか人形？

よくできてるなあ……！

認められた天才

Let's buy the land and cultivate in different world

俺がマリアージュ対処のため一足先に農場へ戻ったあとも、パッファたちは残って作業を続けていた。

山奥の研究所で野晒しにされた自動人形を回収し、再利用するための作業を。

転移魔法で次々帰還してくるオークゴブリンたちの肩には、自動人形が載せられている。

残骸の山から、比較的損傷のないものを掘り起こしてきたのだろう。

「製作者であるマリアージュの死後も、残された自動人形が設計図通りに自分の同型機を作製し、数を増やしていった……」

『自動人形一万体量産化計画……、本当に続けていたのか……』

その製作者ご本人が、今や頭だけの巨大人形となって俺と居並び光景を眺めている。

『計画は、私が人格データ移行した巨大自動人形にシフトしたというのに、撤回命令を理解できずにいたというのか……、これだから初期型は……!?』

マリアージュは苦虫を嚙み潰すような声であった。

『だが、そんな粗製乱造の人形どもを持ち帰ってどうするつもりだ?』

「労働力として再利用する」

俺からの即答にマリアージュの両目が明滅した。

時折、自動人形らしいリアクションを示しやがる。

『ほうほうほう……!? 私の発明品に目を掛けるとは、なかなか見所があるようだな……!?』

また自分の研究が注目されて嬉《うれ》しいのか。

『だが所詮は素人だな。私の研究をそう簡単に利用できると思っているのか?』

「ん?」

『一号機が代理生産したとはいえ、あの人形どもは私の設計したものだ。その構造の複雑さは、水車や馬車などとは比べ物にならんぞ。人形どもを整備したり、命令通りに動かすことができるのは、私と同じだけの天才でなければ。そんなヤツは世界に何人といないだろうがな……!』

隙あらば自慢していきたい人。

まあ、彼の言いたいこともわかる。

自動人形は、この世界のテクノロジーである魔法を基礎構造としているが、形ある人形を拠《よ》り所《どころ》にしているだけに工学的な側面もあるようだ。

そんなシロモノ、こちらの世界の一般的な人々は手に負えないだろう。

マリアージュが『自分以外に扱えない』と誇りたくなる気持ちもわかるが……。

＊　＊　＊

「はい五十二台目上がったよー」

「ほいほいー」

最近忘れがちなことだが、俺には神からギフトされた『至高の担い手』という力がある。

手にしたものの性能を限界以上に引き出す能力。

これで触ってたしかめれば、自動人形たちを修理することも可能だった。

ここ最近は仲間や道具に恵まれたことで『至高の担い手』に頼らなくても色々できるようになってたからなあ。

嬉《うれ》しいような寂しいような。

それだけに久々へパイストス神のギフトに頼れる機会に恵まれてよろしい。

『あれえええええ――――――ッ!?』

そして、自分の設計品が次々再調整を受ける姿を見て、マリアージュは大絶叫。

『なんで!?　私が生涯かけて発明した自動人形の構造が、そんな簡単に解析されたのおおおッ!?』

「プラモデル組み立てるみたいだった……！」

自動人形たちにはまず簡単な畑仕事をしてもらうことにした。

草むしりや作物の病気チェックなど、再調整で俺が与えた指示通りに黙々とこなしていく。

『わ……、私の最高傑作が野良仕事に使われるなど……、何という屈辱だ……！　私の作品は世界を変えるために……！』

ゴニョゴニョ文句を垂れるマリアージュであったが、やっぱりどこか浮ついた態度だった。

『……役立っているか？』

「ん?」

『私の作った自動人形は役立っているか……!?』

「そうだな。……仕事は着実にこなしてくれるし、なかなかいい働きぶりだ。簡単なことは自分で判断してくれるのが、凄《すご》く助かるな」

『そうだろうそうだろう! 頭部に組み込まれた魔法判断装置が自動人形のキモだからなあ!!』

やっぱり、初めて自分の作品が他人からの評価を受け、しかも肯定的であることに心弾まずにはいられないご様子。

……これだと、よかれと思って打っておいたあの布石が効きすぎということになりかねないかなあ……?

どんな布石を打っておいたかというと……。

「聖者殿」

あ。

もう来た。

早いですね魔王さん、ついさっき連絡を送ったばかりなのに……。

「聖者殿のお呼びとあらば駆けつけないわけにはいかんからな。いつも世話になっているし……」

『魔王ッ!?』

現れた偉丈夫魔族に、マリアージュは即反応。

『魔王だというのか!? この、なんか普通に強そうなこの……!?』

「いかにも、今代の魔王ゼダンだ」

滅茶苦茶《めちゃくちゃ》デッカイ頭部のみの人形という、趣味の悪いオブジェとも言えそうな現マリアージュにも威儀を正して臨む魔王さん。

どんな時にも真面目なのが彼のよいところだ。

「あれが……、お前の作りだしたという、自分で動く人形か？」

『は、はい……!?』

魔王さんは、畑で働く自動人形たちを丁寧に観察。

そして言った。

「なるほど壮絶な技術だ。人形が自分で動き、自分の考えで対処する。これが行き渡れば世界中の労働事情に革命が起きるな」

『おおおおおお……ッ!?』

「お前の人生については伝え聞いている。当時の魔王が早計なる判断を下したこと、その後継者として遺憾に思う。我らは支配者として、もっと真剣に下々の声を聞くべきだな」

『そんなッ！　そのお言葉だけで我が百五十年の苦労が報われました！　身に余る光栄……！』

褒められた途端手の平返しやがった。

現金だが、まあ気持ちはわかる。

「現在の魔国には、新しい魔法を研究発明するための機関がある。お前が望むのであれば、そこで働く気はないか？」

『魔王様……ッ！　なんと、なんと慈悲深きお言葉……！　不才の我が身ですが、魔王様のお役に立つためなら何なりと……！』

自身の生きていた時代、顧みられることのなかった彼が世代を超えて報いを得た。

認められることのなかった頑張りが認められたのだ。

「ただいまー」

「あ、パッファ」

そして現場に最後まで残っていたパッファも、転移魔法で帰還してきた。

その手には、やはり自動人形の残骸が……。

しかし……。

「あれ？　これ壊れすぎてない？」

研究所から回収する自動人形は、壊れている中から比較的損傷が少ないものという基準だったはずだ。

しかし、パッファが最後に持ち帰った一体は、もはや全損というべき無惨さで、いかに俺の『至高の担い手』でも修理は不可能に思えた。

「これは再利用するために持ち帰ったんじゃないからね」

「じゃあ何のために？」

「特別なヤツなんだよ。ずっと前にぶっ壊したヤツだからね。見つけ直すのに時間かかっちまった」

この一際ボロボロの自動人形に一体どんな意味があるのか？

『そ、それは……!?』

答えは他でもない、マリアージュが示してくれた。

『一号機……、私自身の手で作り上げた、一番最初の自動人形……!?』

「そういうことさ、アタイらが初めてお邪魔した時、出迎えたのがコイツだった。アンタが人格転送のために黙りこくって、死んだと思われている間も、たった一人であの研究所を守り続けていた」

それがなんで全壊したのかと聞くと、ソンゴクフォンが怖さのあまり暴発したのだという。

あのギャル天使……!?

「アンタにとって特別な品……、いや特別な相手だと思って連れてきてやったんだよ」

『おお……!?』

不遇の天才の手で作られ、人生の大半を共に過ごし、主が死したあともその亡骸《なきがら》に仕え続けた。

人形ゆえの無知と嘲笑《あざわら》うか。

ほとんどバラバラになった最初の人形の、瞳の部分に僅かに光が残った気がした。

『ご……、ゴ……、ご主人サマ……』

『おおお……!?』

みずからも自動人形となり、さらに頭部のみとなるまでに崩壊したマリアージュ。

『オハヨウゴザイマス……、キョウもイイテンキでゴザイマス……、朝食ヲお作りいたしまショウカ……』

『そうだ……、そうだったな……！　私の食事を作ってくれるのがお前の役目だったものな……！

本当にお前は、私の言うことをよく聞いてくれた……！』

『外はオサムウございマス……、シツナイにモドリましょう……、アタタカクしまショウ……』

『そうだな……、帰ろう私たちの家に。私は認めてもらった。認めてもらったんだ。もう思い残すことはない。あとはお前さえいてくれれば……！』

『カエリ……、帰りましょう』

なんか、天から淡い光が降り注いできた。

その光に導かれるように二体の自動人形の残骸から幻視のようなものが浮かび上がる。

一人のさえない風貌の男と、真新しいピカピカの人形。

「えー？」

二人は寄り添うように並んで、天からの光に導かれるように昇っていき、やがて地平の向こうへ消えていくように姿も見えなくなった。

同時に、二つの自動人形の残骸から生命力というべきものが消えた。

もう永遠に動かない。そのことを立ち会う誰もが如実に実感した。

「……成仏しやがった!?」

そうとしか解釈しえない現象を目の前にして、衝撃を受けるばかりの俺だった。

「……いやいや待って!?　自動人形って成仏できるの!?」

「人形って魂あったの!?」

「錬金術師の方は記憶だけじゃなくて魂も移行してたってこと!?」

「最初の人形の方は、元来人形なのに魂あった!?」

「しかも天に昇っていったよ!?　冥界って地下にあるんじゃないの!?」

様々なツッコミの一斉射を受けながらも、当人らはもうこの世からいなくなったので関係ないのであった。

すべては自身が満足ならば、それでよし。

あービックリした。

アイツら唐突に成仏しやがるんだもん。

いや、ファンタジー異世界に『成仏』という概念があるかどうかも謎だが。

とにかくも自動人形の発明者マリアージュと、彼が一番最初に作った自動人形。

その二者が、長い時を越えて再会することでなんか色々満足してしまったらしい。

二人して魂が肉体（？）から遊離し、天へ昇っていってしまった。

天空にあるのは、あの悪名高い天神たちの住まう天の神界のはずだが。

まあいいか細かいことは。

そもそもマリアージュは本来百年ほど前に死んだはずの御方《おかた》だし、もっと早くにああなるべきだったんだろうけど。

「来世でもお達者でー」

いや。

来世あるかどうかもわからんけど。

俺は旅立つ二人を快く見送るのみだった。

『冥界でもお達者で』の方がよかったかな？

＊　＊　＊

とにかく、天才が遺《のこ》した発明品、自動人形は我が農場で有効活用させてもらうことになった。

農場に運び込まれた人形たちはピッタリ百体。

研究所跡にはまだ九千体以上の自動人形が残骸のまま野ざらしになっているが、ウチで働かせるには百体で充分。

残りは、引き続き野ざらしとなるか、魔王さんが部下に命じて回収していくらしい。のちの研究のために。

そんなこんなで新たに加入した……いや配備された自動人形百体。

我が農場での作業効率化に甚だしく貢献しております。

何せ彼ら（彼女ら？）は人形。

生活する必要もないから寝床もいらないしご飯もいらない。

必要最低限、整備と収納のスペースさえあればなんとかなる。

これで……。

人手足りなくなる→人員補充する→増えた人員を養うために畑や住居を拡張する→拡張した分を運営するのにさらに人手がいる。

……という循環から脱出することができる。

それもこれも自動人形によるオートメーション化のお陰！

自動人形バンザイ！

機械化バンザイ！

……という感じだ。

自動人形たちは主に単純作業に従事してもらっている。

作物に病気や虫がついていないかのチェックや、害獣害鳥の見張り。

農場内での物資の運搬。

さらに蒸気船ドックや温泉の管理など、任せたいことは多岐にわたる。

それもこれもマリアージュが拘《こだわ》りに拘った自動人形の出来のよさゆえ。

魔法による感覚センサーや人工知能、姿勢制御装置のおかげで、けっこう複雑なことも自分で判断して行える。

前の世界でも人にしか任せられなかったことも安心して機械任せにできるというのは大きい。

「いやあ……！　凄《すご》いですね魔王さん！　これは技術大革新じゃないですか!?」

一緒に自動人形の出来栄えを見守る魔王さん。

彼に、俺は溌剌《はつらつ》と尋ねた。

この人も、マリアージュの作った自動人形を高く評価して、自国の研究に取り入れたいと言っていた。

農場でのサンプルは、魔国での自動人形実用化へ向けての貴重な実例になるだろう。

いつの日にか、世界中の村や街でマリアージュの作った自動人形が働くという、彼の夢が実現するのかもしれない。

「あー、そのことなんだが……！」

魔王さんがおずおず言い出す。

なんか言いにくそう。

「自動人形によって労働事情が改善されるという話な……、実を言うと解決されているというか……、事足りてるというか……！」

「はい？」

「我々魔族には、擬人モンスターがいるではないか……！　オークとかゴブリンとか。手が足りないところでは彼らが働いてくれて、もう充分に足りているというか……」

そうだった。

この世界にはダンジョン内で発生するモンスターという存在がいて、さらにその中で比較的人間に近い形態のものは、魔法で言うことを聞かせられるという。

「人族と戦争していた頃は最前線に送り込んでいたし、今でも各地で労働に使われている。元から知能が低くて単純な作業しかこなせないが……！」

それ自動人形の用途とモロ被《かぶ》りですやん。

「多分、マリアージュが生きていた時代の魔王も、その辺りを考えて却下したんだろう。彼の提案を。自動人形を作って賄うことは、大体擬人モンスターで事足りるから……!!」

たしかに。

でも、じゃあなんで？　魔王さんはさっき成仏したマリアージュを手放しで評価し、研究所に招聘《しょうへい》までしていたじゃないの？

役立つ目途のない研究に、そこまでの評価を与えたってことは……!?

あ、ウソ？

優しいウソ!?

魔王さん、人を思いやるウソをつきやがった!?

「いやぁ……！　あの……!?」

魔王さん露骨に目を逸《そ》らした!?

やっぱり！　魔王さんは基本優しいので!?

でもなんで、そんなすぐばれるウソをついたの!?　当人がすぐさま彼岸へ旅立ってくれたからよかったものの、そうでなかったらどう繕えばよかったのか!?

あ!?

もしかして計算してた!?

魔王さんにはマリアージュが現世への未練をなくして昇天することが予測できてた!?

「いやあ……、あんな無機物に無理やり魂を移して、長く定着できるとも思えなかったから……！

せめて満足して冥界に旅立ってほしいと……！」

やっぱり魔王さん優しい……！

「いや、だからといって彼の研究が本当に意味ないわけではないんだぞ!?　直接労働力としては使えぬが、それ以外に何か活用法はないか研究機関で模索して……!」

大丈夫です。

フォローはいいです。

魔王さんが、魔王として充分に気配りしてくれたことはわかりましたから。

……。

マリアージュの研究成果が後世に受け継がれるかどうかは後世の人材に期待することにして……。

現在を生きる俺たちは現在に目を向けよう。

「だ、大丈夫ですよ!　彼の研究は、たしかにここで実を結んでいますから!!」

俺の農場でな!

自動人形が目指した役割を既に占領している擬人モンスター!

それが我が農場で不利となる点が一つある。

オークやゴブリンたちが我が農場で働いていると、知らないうちにすぐ進化して高等存在になってしまうからだ!

オークボやゴブ吉を始めとして、今や彼らは大切な農場の仲間!

道具扱いになんかできない!

何よりこれ以上世界のバランスを崩しそうな存在を量産するわけにはいかない!

変異化したオークゴブリンたちにはマジでそれぐらいの力があるのです!

「しかし！　自動人形たちなら大丈夫！　彼らはきっと進化なんてするはずがない!!」

所詮人形だし、生きてないし！

ついさっき最初の人形が開発者と共に昇天という魂あるものの証左みたいな現象には全力で目を逸《そ》らし……！

人形たちは我が農場の完全なる単純労働力となってくれるに違いない!!

「とっぽいわね旦那様……！」

「はッ!?」

そんなことを言って俺の背後に立つのは……!?

プラティ!?

我がワイフ！　その胸にはジュニアを抱いて!?

「そんな楽観的観測が今まで当たったことがあるの!?　腑《ふ》抜《ぬ》けた希望を持った旦那様に現実を叩《たた》きつけてあげる！　この農場に置いておくものは、何であろうと特別になるのよ！」

プラティに抱っこされたジュニアが『んだんだ』とばかりに頷《うなず》いていた。

……いや。

ちょっと待ってよ？

さすがに毎回それはないでしょう？

今までは偶然に偶然が重なったようなもので、そう何度も奇跡が起こって堪《たま》るか？

それに自動人形自体、世間一般の目から見れば特別なものなんだから大丈夫！

これ以上発展の余地もないって。

危険な未来ばかり警戒してたら人生楽しめないぞ！

大丈夫。

大丈夫だってば！

自動人形たちは永遠にこのままだってば！

＊　＊　＊

……と思っていたのに。

自動人形、我が農場に置き始めてから一週間程度で変わった。

「今日も仕事頑張ろー」

「終わったら学生の子たちと遊ぼうねー」

「何それウケるー」

自動人形が女子高生みたいなノリでお喋《しゃべ》りしている!?

外見も、まんま球体関節の人形みたいだった形態が滑らかに変わって人間のように!?

髪の毛も生えてるし、顔つきも頬肉柔らかく表情豊か。

人間そのもの!?

っていうか全員可愛《かわい》い女の子!?

自動人形が可愛い女の子に変貌しておる!?
俺がちょっと目を離した隙に、自動人形に一体何があった!?

ピュグマリオン計画

｜ Let's buy the land and cultivate in different world ｜

ボクの名はエクザダ。

聖者様の農場へ留学に来ている魔王軍若手士官の一人だ。

才能があるわけでもなく態度も控えめ。

目立ったことをした覚えもなく、なんでボクなんかが聖者様の農場へ連れてきてもらえたか今もってしても謎だった。

聖者様の下で勉強できるなんて完全無欠のエリートコースだろう。

講師にノーライフキングの先生がいる時点で古今無双の大魔法使いになれることは確約。

人族、人魚族の同じエリート層とも面識ができて、将来はここの卒業組で世界が回されることは確実だ。

そんなとんでもない空間にボクなんかが放り込まれたこと自体おかしいと思うし、場違いは充分承知している。

実際日々の授業ではボクが一番遅れているし、農作業の手伝いでも最後に完了するのはボクだ。

ああ、なんでボクはこんなところにいるんだろう。

いっそ誰かにお願いして、農場から出て元の職場に戻った方がいいのではないかと思ったりするほどだ。

そんなボクは授業後に夕日を眺めるのが日課になってしまった。

そうやってボンヤリして心を空白にしないと耐えきれない。

そんな風に日々夕暮れに佇《たたず》んでいると……。

ある時変化が訪れた。

夕日をバックにすべてが赤く染まる風景。

その一部として新たに加わったものに、自動人形とかいうものがあった。

聖者様がどこからか持ち込んできたらしい。

そんな世にも聞いたことがないものを軽々と何処《どこ》からか拾ってこれるなんて、さすが聖者様。

自動人形は、与えられた仕事を黙々とこなし、外で鍬《くわ》を振るっていた。

そして仕事が終わると収納倉庫に帰るのだそうな。

言われたことをただ黙々と、コツコツと。

その姿に、何か感じ入るもののあるボクだった。

ある時、自動人形の一体と擦れ違った。

一日の作業を終えて、倉庫へ帰る途中だったのだろう。

その子の顔に泥が跳ねたのか、汚れていたのでハンカチで拭き取ってあげた。

当然礼を言われることもなかった。

だって相手は人形なのだから。

感謝を覚える心もないのだろう。

でも何故《なぜ》か、ボクには彼女が喜んでくれたような気がした。

その日からボクは授業に、仕事に頑張れるようになった。

あの子も頑張って働いているから、ボクだって頑張れる。

一日が終わったあと夕日に赤く照らされる彼女の横顔が、ボクの心に活力を吹き込んだ。

何故彼女を彼女と呼ぶのか。

ただの人形に性別も何もないだろう。

でも少なくともボクにとって彼女は素敵な女性だった。

同じ形のものが百体もいるが、その中からも間違えず彼女を見つけ出すことができた。

毎日彼女と会うたびに胸が高鳴り、毎日彼女と会うごとに胸の高鳴りは大きくなっていく。

そしてボクはある時ついに自覚した。

ボクは恋をしている。

彼女に。

毎日黙々と働く彼女の直向《ひたむ》きさに、ボクは励まされ救われた。

そして心惹《ひ》かれたのだ。

誰かが聞けば失笑するだろうことはわかっている。

何せ恋の相手は人類じゃない。

それどころか生物ですらない。

しかし恋する気持ちは、燃え上がって止められない。

彼女が好きだ！

今まで成績ビリッケツだったのが一念発起して首席にまで駆け上れたのも彼女のお陰。

彼女への恋の情熱ゆえ！!

しかし人形の彼女は、ボクがどんなに想《おも》いをぶつけても応えてはくれない。

どんなに詩才を振るって愛の言葉を謡っても、返事をくれない。

わかっている。

わかってはいるが、心のどこかでは寂しかった。

でもいいんだ。

物言わぬ彼女が隣にいてくれるだけでボクは満足さ。

たとえ人形でも愛する人が隣にいてくれるだけで、ボクの心は春のように温かく華やぐのだから。

そんな風に、ボクが倉庫から無断で持ち出した彼女と並んで座り、二人だけの時間を満喫していると……。

『うむ……、いんじゃね？』

なんか唐突に、邪魔者が現れた。

豊かな髭《ひげ》を蓄えた荘厳なる御方《おかた》。

ハデス神。

ボクら魔族を創造したという主神。

地海天のうち大地の世界を支配する御方。

今日も聖者様のところにご飯をタカリに来ていたのか。

その手にはお茶碗《ちゃわん》山盛りのチャーハンがあった。

『何やらエモい波動を察知したので辿《たど》ってみれば。これまた拗《こじ》らせたヤツじゃのう』

「放っといてください」

『神に対する敬意のなさも剛毅《ごうき》』

そりゃあ定期的に聖者様へメシをタカリに来る様を見ていれば信仰心も尽きてしまいますが……。

『汝《なんじ》のその一途《いちず》な想《おも》いに免じて、この冥神ハデスが恵みをもたらしてしんぜよう。魂あれども、それを発露することのできぬ命なきものに、足りぬものを補ってしんぜよう』

ハデス神の箸を持った手から、何やらキラキラ光る星屑《ほしくず》のようなものを放った。

星屑は尾を引きながら無数に伸び、やがて辿り着いたのはボクの大切な自動人形のところ。

ボクの大事なハニーが、光に包まれる!?

「ハニーーッ!?」

『人形をハニー呼びとか、拗らせてるなあ』

うっさいです神。

とにかくボクの大事な恋人が光に包まれ、姿がまったく見えなくなって……。

……そして、ある瞬間に一気に星屑の光が散り、中のハニーも姿を現した。

しかし、再び目にした彼女は、それ以前とはまったく変わっていた。

「……ご主人様」

喋《しゃべ》った!?

まずそこから驚いた。

神の星屑を浴びたボクのイデアは、人形とはまったく違う。

それこそ生きた人類そのものだった。

肌柔らかく温《ぬく》もりもあり、表情豊か。

人形の球体関節も消えて、その体つきはまさに生物そのもの……。

しかも生唾飲み込むほどの美しい女性の……。

……おっぱい大きい!?

『ふむ……、さすがに乙女を素っ裸のまま放り出すわけにもいかんの。セットということでこれを身に着けるがいい』

ハデス神がさらに端から星屑を放ち、彼女の体に宿って衣服に変わった!?

「神!? これは!?」

『汝の想い人を、共に過ごすに相応《ふさわ》しい程度に創り直しただけだ。神の気紛《きまぐ》れの慈悲よ。たまに優しいところを見せてやってデメテルセポネも惚《ほ》れ直してくれるわ』

この神も充分下心あるっぽい!

でも嬉《うれ》しい!

ボクのハニーが、言葉も喋れて体温の温もりもある生命に。

これからはたくさんお喋りして、一緒に過ごして、さらにそれ以上のことも……。

……できる！

「ご主人様。私はアナタのお陰で人間になれました。アナタが愛してくれたおかげです。私も愛しています。どうか末永く傍《そば》に置いてください」

「よっしゃー！」

ボク、この子と結婚する！

魔王軍の正規軍人なら妻と子どもを養うぐらいの経済力は充分あるし！

魔都に戻ったら正式に神前で誓いを立てて夫婦になる！

あ、まさに今こそ神が目の前にいた!?

『ううむ……。だが、この一体だけ命を与えるのは不公平な気もするのう』

などと言ってハデス様はまたも箸を振って、星屑を空中に飛ばした。

星屑は周囲に散らばっていき、ボクたちからは見えなくなったけどなんか農場の周囲で驚きの声が上がったような……？

『日頃ごはんを貰《もら》っておる礼に、この地におる人形全部に命を吹き込んでやったわ。賑《にぎ》やかになって聖者もさぞや喜ぶことであろう』

ハデス様は、心から『いいことをした』的な表情になって消え去られた。

神の世界に帰られたのかな？

とにかく、ボクは最高の恋人を得て幸せの絶頂になることができた。

新たな教師

Let's buy the land and cultivate in different world

なんか気づいたら自動人形たちが人化していた。

どうやら冥神ハデスの仕業らしい。

『いつも供物を捧げてくれている礼のようなものじゃ。なあに感謝には及ばんぞ』

供物っていつも食わせてる混ぜごはん一通りのことか!?

どうするんだよ!? 食事も寝床も必要ないからって利点で自動人形百体も連れてきたのに、人化したら食事も寝床もいるじゃん!!

ご丁寧に一人残らずうら若い乙女に変えてくれやがって!

こんな子地べたに寝かせておくわけにもいかんだろうが!?

とりあえずオークボが急ピッチで宿舎を建設し、バティの指導で元自動人形乙女みずから自分の着るものを仕立てたりと大忙しになった。

……こんなことになるんじゃないかなあ、と思っていたんだ。

思えば以前オークボ、ゴブ吉たちの時も『擬人モンスターは感情がないので人として扱う必要はありません』って言われたのに、いざ一緒に暮らしてみたら感情を獲得して立派な農場の仲間だよ!

歴史は繰り返したんだよ!!

今さらオークやゴブリンたちを道具のように見ることはできないし、もし唐突に別れることにでもなったら腸が切り刻まれるように悲しくなってしまう!!

きっと自動人形の彼女らもそうなってしまうに違いない。

……どうすべきかは即座に思い当たらないので、元自動人形たちの扱いはひとまず置いておくことにして。

まず喫緊の問題に対処していくことにしよう。

＊　＊　＊

農場留学生の話である。

彼らは将来、人間国魔国人魚国との交流を盛んにしつつ国を背負って立つ人材となれるよう、ここで勉強している。

『農場で国家運営の何が勉強できるんだ?』という意見もあるだろうが、そこは安心。

我が農場、そんじょそこらとはわけが違う。

将来有望な彼らの益となる、立派な講師を多数揃《そろ》えることができるのだ!

その代表例はノーライフキングの先生だろう。

先生は、死を超越した最強アンデッドとして、千年以上を生きた知恵知識があり、学ぶべきことはそれこそエベレスト級にたくさんある。

当人も教えることが大好きなようなので、留学生たちは魔導の極致を学ぶことができ、先生は若者たちと触れ合えてｗｉｎｗｉｎの関係だ。

その他にもベレナやパッファという魔族人魚族それぞれの俊英が常勤講師に就き。

魔王さんやアスタレスさん、アロワナ王子も時おり遊びに来ては非常勤講師として教壇に立っていらっしゃる。

そこで俺は最近ハタと思った。

この講師たちの布陣はバランスを欠いていないか？　と。

どういうことかって？

今言ったメンバーをもう一度洗い直してみよう。

先生は超越者として別カウントにするとして……。

ベレナ（魔族）、パッファ（人魚族）、魔王さん（魔族）、アスタレスさん（魔族）、アロワナ王子（人魚族）。

そう。

魔族と人魚族ばっかり。

この世界には三大種族と言って魔族、人族、人魚族の三つが基本として存在している。

なのに我が農場の教師陣は、この三種族の構成に著しい偏りがある。

要するに人族の教師がまったくいない！　ということなんだが。

このままでは生徒たちが農場を卒業したあと『人族に優れた人材はいない』と偏見をもって、人族が軽んじられかねない!?

「急ぎ人族の講師を用意しなければ!?」

「旦那様も細かいこと気にするわねー」

育児中のプラティから呆《あき》れた顔をされた。

しかし俺は止まらない。

農場で学ぶ生徒たちの将来のため、ひいては世界全体の明るい未来のために。

農場へ人族の講師を招聘《しょうへい》するのだ!!

＊　＊　＊

そこで俺の少ない伝手《つて》から人族の、若者に教えられそうなひとかどの人物を探してみる。

まず最初に思い当たったのが数少ない人族の友人、旧人間国で領主をされているダルキッシュさんをお呼びしてみた。

ダルキッシュさんは、旧人間国での領主の仕事がどんなものか熱弁を振るってくださったが、ことと統治のノウハウや体験談についてはガチ王族の魔王さんやアロワナ王子の方が凄《すご》い知識を持ち合わせている。

辺境領主ならではの苦労話とかでオリジナリティもあるにはあったが、生徒たちが得るものは少なかったようだ。

ただ代わりとしてダルキッシュさんは魔族のヴァーリーナさんと結婚し、史上初の異種族国際結婚夫婦となったことで、その際に苦労したことや問題になったことを披露して、むしろそっちの方が貴重な話となった。

生徒たちも食い入るようにして聞いてたし。

ちなみに奥方のヴァーリーナさんは、こないだの苦労の甲斐《かい》あって見事ご懐妊なさったらしい、おめでとう。

で。

他に知り合いの人族と言えば、元から我が農場に住んでいる元人間国の王女レタスレート。

『アイツが何を教えるんだ？』と不安の声もあったが、試しに教壇に立たせてみた。

すると案の定、豆の話しかせずにある意味で期待を裏切らなかった。

元は人間国の王族だったんだから、そっち方面で何か実のある体験談でもないのかと迫ってみたが、現役王女だった頃は食えや遊べやで身になること一つもしていなかったという。

むしろ反面教師の究極形だった。

ただ、レタスレートの徹底した豆押しにより、たくさん豆を食べることで健康になった生徒の幾人かがグーパン（魔力なし）で岩を砕けるようになってたので、その点実りはあるように思えた。

しかしまだ弱い。

もっと人族ならではの講義を開ける人族講師はいないものか？

俺の知り合いの範囲内では万策尽きたので、もう誰かの伝手、友だちの友だちを頼る他ない。

皆で広げよう。

友だちの輪！　だ!!

＊　＊　＊

先日のドラゴン騒動でお知り合いになったドラゴンさんだが、それがきっかけで定期的に遊びに来られるようになった。

俺の相談を受けてくださったのは最強竜アレキサンダーさん。

「冒険者？」

「ならば冒険者などはどうかな？」

ドラゴンは元から最強種族だが、このアレキサンダーさんは中でも飛び抜けて最強らしい。

二番目に最強竜だったブラッディマリーさんと、新生ガイザードラゴンのアードヘッグさんと、そして愛の波動に目覚めたヴィールが束になって掛かってもまだ勝てるんだそうな。

そんなアレキサンダーさんも、時折教壇に立って生徒たちにドラゴンの英知を教授してもらっている。

きっと勉強になっていることであろう。

ドラゴンならば、ウチの農場にはヴィールがいるもののアイツは感覚的すぎて授業は無理。

……で、そのアレキサンダーさんからさらなる意見を求めたところ、出てきた言葉が冒険者。

「冒険者は人族特有の職業だからな。魔国にも人魚国にも似たような職業はないと聞く」

「ど、どんなことするんでしょう？」

やっぱ冒険かな？

魔王を倒すために旅したり？

「第一にはダンジョンを攻略することだ。私のダンジョンにも毎日のように冒険者が潜ってくる」

アレキサンダーさんは旧人間国の領土内にダンジョンを持っていて、そこを住《す》み処《か》としている。

ドラゴンが山ダンジョンの主になるのは一般的なことなんだそうな。

「魔族や人魚族、他の人類の統治下では、ダンジョンは軍隊が管理封印しているそうでな。人間国だけがそういう対処をしておらず、ダンジョン対処の専門家として冒険者が生まれたんだそうな」

「人間国のテキトーっぷりはよく聞きますもんね……」

「冒険者には、長年ダンジョンを攻略して他にはないノウハウが蓄積されている。それを教壇で披露すれば、若者たちの成長に繫《つな》がるだろう」

ドラゴンにしては珍しく人間大好きなアレキサンダーさん。

積極的に話に乗ってきてくれた。

「では、私のダンジョンに攻略に来ている冒険者の中から実力者をピックアップして交渉してみようではないか」

「だ、大丈夫でしょうか？　『勝手なことするな』って怒られない？」

「私は人族の冒険者ギルドと懇意だから問題ない。我がダンジョンを冒険者のために開放しているから、季節の節目に贈り物されるほどだ」

常識的には主のいるダンジョンは危険度ＭＡＸで立ち入りできないらしいから、主の方から歓迎してくれるダンジョンなんてそら貴重だろう。

そうした用件を負って、アレキサンダーさんは一旦ご自分のダンジョンに帰られた。

＊　＊　＊

後日、また来た。

「アケサカ・モモコという冒険者がいてな」

「はあ……？」

「今、私のダンジョンを攻略している中で一番活《い》きのいい冒険者だ。最初の攻略で五合目まで登ってきたからな。彼女に『講師をしてみないか？』と持ち掛けてみたのだが、断られた」

えー？

「『私は聖者の農場を探し出すのに忙しいので！』と言われて。でもまあよく考えてみたら彼女は召喚された異世界人だし、人族の講師という条件からは外れよう。そこで別の者に声をかけた」

「そっちが本命ですか？」

「うむ。凄いのがスカウトに応えてくれたぞ！　何しろ世界に五人しかいないＳ級冒険者の一人だ！」

アレキサンダーさんはやけにウキウキしていた。
最強ドラゴンすら興奮させるレアっぷり？

私の名はシルバーウルフ。

ギルドからS級と認められた冒険者の一人である。

その階級に見合った経験と実績を持ち合わせていること、自負している次第である。

思えば多くのダンジョンを攻略したものだ。

旧人間国で最大規模を誇る洞窟ダンジョン『無限臓物』。

屋敷自体が生命をもって常に自己改築、膨張し続ける遺跡ダンジョン『アバリシア・ファミリア』。

火山帯に発生し、内部に溶岩が流れる危険度最上級『ヴァルカンの巣』。

既存のダンジョンカテゴリに属さない世界唯一の樹海ダンジョン『迷いの森』。

ノーライフキングの伯爵が住まう『カントリー・キャッスル』。

そして究極、グラウグリンツドラゴンのアレキサンダー様が君臨する六つ星ダンジョン『聖なる白乙女の山』。

すべて攻略した……。

そのすべてで死にそうな目にあった……。

あれらの苦労が認められてのS級認定ならば非常に誇らしい。

冒険者の等級は、単なる肩書きでも飾りでもない。

その冒険者が歩んできた戦いの記録を凝縮したものだ。

だから私は、Sの等級を誇りとしている。

思い上がりにならないように自戒してはいるが。

私より優れた冒険者は、そう何人もいないだろうというのも正直な気持ち。

もし仮に、前人未到の新ダンジョンが発見されたとして、その調査を頼まれるとしたら私のような人材だろう。

冒険者ギルドの上層部とも懇意であるし、何か困ったことがあれば私を頼りに来る。

そう自負していたところだが……。

ある時、ギルドよりお声がかかった。

＊　＊　＊

その頃、私は再び『聖なる白乙女の山』の攻略にかかっていた。

何やらダンジョン内部で改装が行われたらしく、新たに追加されたダンジョン施設を調査しようと多くの冒険者が挑戦していたのだ。

私もその一人として究極ダンジョンの新たな仕掛けに挑んだが……。

……『ダンジョン果樹園』とはまた奇抜な。

山ダンジョンの一区画に茂った果樹には、色とりどりの実が生《な》って美味。

まあ、それらに四苦八苦したのは余談として。

本題はここからだ。

ダンジョン果樹園（出張版）攻略中、私はギルドから呼び出しを受けた。

『なんだろう？』と『聖なる白乙女の山』麓にあるギルド支部を訪ねてみると、そこにはギルド支部長と共にもう一人の人物が待ち受けていた。

豊かな髭《ひげ》を蓄えた、いかにも賢者然とした老人。

しかしそれは仮の姿。

「アレキサンダー様……!?」

他でもない世界最高級ダンジョンの主ドラゴン。

人類を遥《はる》かに超える知性と魔力を持ち合わせたドラゴンは、自分の姿を自在に変えることもできるという。

あの姿は、我ら人類と意思疎通するために取ってくださる配慮なのだった。

「励んでいるようだな銀狼《ぎんろう》よ。新たに設置したダンジョン果樹園の具合はどうだ？」

「大変歯ごたえがあります」

一目見てすぐ、私を呼んだのはアレキサンダー様であり、ギルドは仲介に過ぎないと察した。

ドラゴンは基本、人族を含めた人類すべてを虫ケラ程度にしか認識していない。

アレキサンダー様だけが例外で、人を慈しみ、加護を与えてくださる。

ご自分の住むダンジョンを開放し、冒険者を受け入れてくださるのもその一環。

他のダンジョン主だったら侵入した冒険者に気づいた瞬間殺しに来る。

「我ら冒険者は、常にアナタに感謝しています。アナタのダンジョンは我々にとってもっとも困難で、もっとも得るものの大きいダンジョンです」

「そう堅苦しい挨拶はいらぬ。お前たちが忍び込んでくるのはよい刺激だ。私も退屈せずに済んでいる」

本当に気さくな方だ。

わざわざ私たちと同じ姿を取って、人類の私に会いに来てくださるなんて。

「今日はお前に頼みたいことがあって来た」

「私に……、頼み……!?」

また想像を超える事態だ。

あらゆる面で人類を遥かに超えたドラゴンが、そんな卑小な人類に何を頼むというのか？

「義理を通すため先にギルドへ話し許可を取ってある。あとはお前の返答次第だが……」

「アレキサンダー様の命令ならば何なりと……！　我ら冒険者一同、アレキサンダー様にご恩返しできる機会を常に待ち続けておりました……！」

「命令ではなく頼みだというのに……。冒険者のくせにやたらと畏《かしこ》まった男だな」

苦笑するアレキサンダー様。

大丈夫？　機嫌損ねてない？

「では了承ということで。早速行くとするか」

「行く？　何処《どこ》へです？」

了承はすれども、一応何をさせられるかは聞かせてほしいのですが？

「聖者の農場へ」

んんんんんんんんんんんんんッ!?

＊　＊　＊

聖者の農場。

その名前は私も聞いたことがあった。

冒険者業界では今一番ホットな、各冒険者の間を忙《せわ》しなく飛び交うフレーズ。

この世界のどこかにあるという理想郷だとか。

世界すべての財宝をすべてかき集め、積み上げたのと同等の富がその場所に眠っているという。

現役の冒険者たちは、その秘境の噂《うわさ》に胸躍らせ見つけだそうと躍起になっている。

冒険者の仕事はダンジョンを攻略するだけでなく、まだ発見されていない未踏ダンジョンを発見することも重要な目的。

聖者の農場も、そうした発見目標の一つに数えられているのだろう。

その聖者の農場に招かれた。

どういうこと!?

多くの冒険者が血眼になって探す聖者の農場を、アレキサンダー様は既に見つけていたというのか？

さすがドラゴン!?

そのアレキサンダー様の、元来の姿に戻った巨大な手につかまれて空を飛ぶ。

……また死ぬかと思った。

そうしてフライトの末に辿《たど》り着いたのは、一見本当にただの農耕地帯に見えるような場所だった。

畑がいっぱいに広がっているのは上空から確認できた。

そして地上に降り立ち、なんか出迎えられた。

「ようこそ講師！　遠いところをよくいらっしゃいました!!」

講師？

出迎えに来た男は、これといって変哲もない普通の男に見えた。

普通すぎて拍子抜け。

ただ、その普通の男の背後に並んでいる者たちが普通ではない。

いや普通でないどころか異常だった。

異常の中のさらに異常だった。

中でも一際目を引くのが……。

「ノーライフキングがいるうううううううッ!?」

あばばばばばばばッ!?

ノーライフキング!?　ノーライフキングッ!?

世界最悪の恐怖！　ドラゴンに並ぶ唯一の災厄!?　冒険者がもっとも恐れるべきもの!?

「ごべべべべべべッ!?」

「ちょっと怖がりすぎ!?」

私はその場で腰を抜かし、口から泡を吐いた。

恐怖のあまり気絶しなかったのは、冒険者としての最後の生存本能による。

『……大丈夫ですか？　この者は？』

ノーライフキングが私のことを見てるううううッ!?

気絶するな！　気絶だけはするな!!

一瞬の隙を見つけて逃げ出すために!!

『ワシの姿を見て恐怖するのは仕方ないとしても、これは少々怖がりすぎでは？　この程度で取り乱す粗忽《そこつ》者にワシの大事な生徒を指導してほしくはない』

なんかちょっとノーライフキングが不機嫌んんんッ!?

助けて、助けてアレキサンダー様あああああッ!!

「いや不死の王よ、これはむしろ冒険者として有能な証《あかし》だぞ」

『うぬ？』

「ノーライフキングを見てここまで恐怖する。それは最強アンデッドの恐ろしさを身に染みて実感している証拠だ。一般の者はドラゴンノーライフキングの恐ろしさを噂でしか知らぬから、初見でここまで怯《おび》えられぬ」

『なるほどそういう受け取り方もできますな』

「実際にノーライフキングと遭遇し、生きて難を逃れたことを、この取り乱しぶりが証明しておるのだ。生き延びる力こそ冒険者の本領だ」

ふぉ、フォローありがとうございます……！

『ふむ、そういうことならとりあえず保留としておきましょう。ワシの可愛《かわい》い生徒たちに教える資格があるかどうか』

「ノーライフキングの生徒って何ですか!?」

死者の学校ですか!?

『なんだ聞いておらぬのか？　おぬしがここで何をさせられるのかを？』

はい、まったく聞いておりません。

『講師だ。ここでおぬしは冒険者として培った知恵や技術をワシの生徒たちに伝授するのだ。よいな』

はいッ!?

俺たちは今、冒険者のシルバーウルフさんなる方をお迎えしていた。

ただその人、ノーライフキングの先生を見た途端泡を吹いて腰抜かしてしまったけど。

これまで先生と対面してきた人たちも大概恐れおののくリアクションを取ってきたが、反応の激しさではこの人が一番な気がする。

「「「「こんなので大丈夫か……？」」」」

と出迎え組の誰もが思ったが、アレキサンダーさんのフォローによって評価が持ち直した。

なるほど、実体験があるからこそ異様な反応と言えるわけね。

「す、すみません昔、ノーライフキングの伯爵に追いかけ回されたトラウマがありまして……!!」

おお！

なんかそれっぽい具体的なエピソード！　披露の仕方もさりげなくてポイント高い！

「伯爵の『狩り』から逃げ切っただけで英雄扱いされたものだがな……！」

と寂しげに笑った。

「先生、これポイント高いんじゃないですか？　いい講師になってくれるんじゃないですか？」

『ふむ、そういうことならとりあえず保留としておきましょう。ワシの可愛《かわい》い生徒たちに教える資格があるかどうか』

先生、なんでそんなに判定厳しいんです？

すっかり先生が生徒たちの保護者気取りになっている!?

＊　＊　＊

こうしてシルバーウルフさんは、我が農場の留学生たちに特別講義を行うことが決まった。

彼はアレキサンダーさんの推薦で、トップクラスの冒険者だという。

「ところで……!?」

「何かな？」

「いや、特徴的なお顔をしてるなあ、って……!?」

初対面の人には失礼かもしれないが、やはりシルバーウルフさんのお顔が気になった。

シルバーウルフという名前と関係あるのかもしれないが。

彼の顔。

狼《おおかみ》そのものだった。

比喩とかではなく、狼そのものの顔だった。

獣人!?

「私はワーウルフだからな」

「わーッ!?　ウルフ!?」

ではなく。

『聖者様、以前話しましたでしょう。人族には少数ながらそういう一族がいるのです』

と先生。

たしかに覚えております。サテュロスたちがやってきた時に話しましたよね？

サテュロスは山羊《やぎ》と人が合わさった獣人だった。

何でもその昔、人と獣を合成させる魔法があったとかで多くの人が様々な動物と合成させられた。

今ではそんな非人道的魔法は根絶したが、獣と合わさった人々は子孫にもその特徴を伝え、獣人という一族として確立された。

「……私は、人と狼が合わさった獣人ワーウルフの末裔《まつえい》。ワーウルフは人族を遥《はる》かに超える鋭敏な感覚と、瞬発力持久力ともに優れた四肢を持つ。私がS級冒険者になれたのもワーウルフとして生まれ持った才能ゆえと確信している」

「なるほど……!?」

しかし、外見のことに触れられた途端頑《かたく》なになったシルバーウルフさんを見て、きっとそれが原因で起こった不愉快な出来事もあったのだろうなと察した。

だからそれ以上触れないのがよかろうが……。

狼型モンスターのポチどもが『友だち？　新しい友だち？』とばかりに後ろからついてくるのを止めようがなかった。

「獣人は合成された獣に準じて身体能力が高まるからな。冒険者への適性は当然高まる」

同行するアレキサンダーさんからも補足が入った。

「たしかに。私の他にもゴールデンバット、ブラックキャット、ピンクトントン……。たった五人のS級冒険者のうち半数以上が獣人ですからね」

五人中四人だった。

「冒険者は、常に危険と隣り合わせの職業です。魔国と違い、民を守護する概念など持たない人間国。その統治下で『自分の身を守るには自分で戦うしかない』と立ち上がった戦士が最初の冒険者とされている」

やがて同じ志を持つ者たちが結集し相互補助の意味合いで作った組合が冒険者ギルドの基礎となる。

「人間国の民にとって『今そこにある危機』がダンジョンだ。ダンジョンを放置すれば中からモンスターが溢《あふ》れ、周囲の村落に危害を加える。自衛を目的とした戦士団はまずダンジョンに入り、モンスターを駆除することに専念した」

そうした営みが長い時間をかけて蓄積し、システムが完成された。

いつしか、そうした仕事を最初から目標にする者も現れ、職業としての名前も付けられた。

「それが冒険者だ」

「素晴らしい！」

そういう話をしてくれる人が欲しかったんだよ！

是非とも生徒たちの前で話をしてほしい！

「冒険者ギルドは、人間国とはまったく関係ない経緯で成立した組織だ。過去幾度となく制御下に組み込もうとする国家との権力闘争があった。しかし我ら冒険者は権力に屈することなく独立不羈《ふき》を貫いてきた。それが我ら冒険者の誇りだ」

シルバーウルフさんは語っていくうちに調子を取り戻してきたようだ。

先生にビビッて腰を抜かしていた彼は本来の彼じゃなかったんだ！

「それでは早速、その含蓄あるお言葉をウチの生徒たちにお聞かせいただければ……!?」

「冒険者の知識と経験は、いわば財産。そうやすやすと他人に見せては商売にならない。しかし日頃から言い知れぬほど世話になっているアレキサンダー様たっての頼みとなれば、受け入れないわけにはいかんな」

なんか面倒くさい物言いができるほどに調子が戻ってきたみたい。

「ではダンジョンに行くとしよう」

「え？」

「冒険者の心得は机上で学べるものではない。現場にて学び、体に肌に直接叩《たた》きこむものだ。それをできない人間国の貴族が、知識だけでわかったつもりになり気軽にダンジョンに入って帰ってこられなかった。そんなことが何度もある」

「おお……!?」

肝要なのは知識でなく実体験！

なんか玄人っぽくていいぞ！

「わかりました！　では早速ダンジョンへ行きましょう！　どっちがいいですか!?」

「どっち？」

俺の発言に、シルバーウルフさんは首を傾《かし》げた。

その仕草が、鏡で自分の姿を見た犬みたいだと思ったが、それは胸の中に秘めておこう。

「あっ、ウチの近くから行けるダンジョンが二つあるってことですよ」

『ワシと』

「おれのダンジョンだなー」

先生とヴィールが並んで手を挙げた。

「課外授業ってことですよねー。先生のダンジョンがいいか？　ヴィールのダンジョンがいいか？そこは是非ともプロの意見を伺いたいんですが……!?」

「え？　待って？　ちょっと待って？」

再びシルバーウルフさんがプロらしくない態度になった。

つまり腰砕けの態度だ。

「どういうことだ？　えっと、そちらのノーライフキングが主をしているダンジョンがあるってこと？」

「先生です」

「そうか先生って言うのか……!?　で、もう一方はどういうこと？　あの女の子？　がなんでダンジョンと関わりあるの？」

「ヴィールはドラゴンですよ？」

「ええあああああっ!?」

賢老モードのアレキサンダーさんを見ているから、ドラゴンが人間に変身できるのは知ってると思ったのになあ。

意外に驚かれる。

「いやあのッ!?　変身できるのがわかってても見破れるわけじゃないし……ッ!?　えッ!?ってことはドラゴンの主がいるダンジョンも!?」

「近くにありますよ？」

シルバーウルフさん、へたりと膝をついた。

体の力が抜けるほどのショックだった？

「主ありダンジョンが二つも……？　未発見の……？」

衝撃冷めやらぬシルバーウルフさんの横で、先生とヴィールが言い争っている。

「おれのダンジョンに来させるのだー！　いい機会だから改めておれの偉大さを知らしめてやるのだー！」

『いいや、生徒たちの安全を保証するためにもワシのダンジョンがよい。ワシが監視するから、不測の事態にも即応することができる。お前は抜けておるから何が起こるかわからん』

「お前、アイツらに過保護すぎじゃないかー!?」

どっちを課外授業の現場にするかで揉《も》めておられる。

初心者
オススメ!

たしかに先生は、生徒たちに対して親身というか保護心が突き抜けてる感じがする。

さすが先生というかね。

「アレキサンダー様……！　ここは一体何なんですか!?　未発見の主ありダンジョンが二つも隣接してるだなんて、そんなことがあり得るんですか!?」

「だから言っただろう、ここが聖者の農場だと」

「聖者の農場!?　噂《うわさ》以上に凄《すご》いところだった!?」

シルバーウルフさんが衝撃を受けている横で……。

ヴィールが変身してドラゴン形態になった。

どうやら戦いで白黒つけるらしい。

なんか色々戦って先生が勝った。

銀狼の冒険者教室・実習編

— let's buy the land and cultivate in different world —

そんなわけで先生のダンジョンへとやってきました。

「ここでS級冒険者のシルバーウルフさんが、正式な冒険者のダンジョン攻略法を教えてください
ます。皆この機会を逃さぬよう瞬き一つせずすべてを見収めて我が血肉と変えるように」

「「「はーい」」」

生徒たちは人魔人魚族合わせて総勢四、五十人程度だが、一度にダンジョンに入るには数が多す
ぎると言うので十人ずつに分けて授業する。

それを提案したのはシルバーウルフさんで、プロ曰く『大人数でのダンジョン侵入は自殺行為』
とのことだった。

「何十人で挑もうと、結局規模の上ではダンジョンの方が勝る。多人数で動きが制限されれば無駄
な犠牲を増やすだけだ」

とのこと。

「お前たちヒヨッ子にダンジョンに潜る極意を教えてやろう」

曰く。

『ダンジョンに勝とうなどとは考えない』だそうな。

『ダンジョンは自然と同じ、人類が挑んでどうにかなる相手ではない。ダンジョンを支配しような

どという者は、その傲慢な考えを命で償うことになる。いいか、ダンジョンは敬え。ダンジョンが貯《た》めこむ巨万の富の、そのほんの一部を掠《かす》め取るコソ泥のつもりでダンジョンに入るのだ」

初っ端《ぱな》から含蓄のあるお言葉を頂きました。

さすがトップクラスの冒険者。

頂点に近づくほどに謙虚になるのが本当の強者ということなのか。

「では早速ダンジョンに入りましょう！　もっとたくさん教えてほしいので……！」

「待て」

ダンジョンに入ろうとする俺の襟首を摑《つか》んで引っ張るシルバーウルフさん。

おかげで首が絞まって『うぇッ!?』となる。

「いきなりダンジョンに入ろうとするバカがいるか！　アンタ、今ので一回死んだぞ！」

「えッ？　マジですか!?」

「洞窟ダンジョンには淀《よど》んだマナが充満している場合がある。吸いこんだだけで人体に悪影響をもたらし最悪死に至るかもしれんのだ。初めて見つけたダンジョンは特に細心の注意が必要だ！」

そう言うとシルバーウルフさんは懐から小箱を出し、さらにその小箱から細く短い木の棒を取り出した。

頭の部分だけ赤い。

俺はそれを見てすぐ『マッチだな』と気づいた。

異世界にマッチあったのか……。

予想通りの動作で火をつけると、その火のついたマッチを洞窟の中に投げ込む。

「あの火が消えずに燃え続けるならとりあえず中の空気は大丈夫。一呼吸だけで意識を失って倒れるようなことはない」

マッチの火は洞窟ダンジョンの床の上で燃え続け、本体兼燃料たる軸木を焼き尽くすことで自然鎮火した。

「……もっとも、空気にほんの少しの毒が混じっていて、即座にどうこうないが長く吸い続けると危ない場合もある。そんな時にお勧めしたいのがこれだ」

さらに懐から何か取り出すシルバーウルフさん。

それは手の平に収まるほど小さな鉢に植えられた一輪の花。

「これはカナリア草といって、冒険者の重要アイテムだ。空気中の僅かな汚れに反応し花びらの色が変わる。これを見ながらダンジョン内を進み、色が変われば要注意ということだ。しかもこの花は空気の毒だけでなく害意ある魔力にも反応する」

生徒たちから「おお……」という感嘆の声が上がった。

まさに冒険者が積み重ねてきた知恵の凄《すご》さ。

『うむ見事だ。それでこそ招聘《しょうへい》した甲斐《かい》があるというものだ』

先生も、シルバーウルフさんの名講義に惜しみなき賞賛の拍手を送った。

『では聖者様、生徒の皆。ワシはラスボス役として最深部で待ち受けておくことにしましょう』

「最深部で会いましょう」

『できるだけ早く辿《たど》り着いてくださいですぞー』

皆に手を振られながら、先にダンジョンに入ってスタスタ進んでいく。

元々自分の本拠地であるダンジョンに。

その背中を見送ってシルバーウルフさん、しばらく無言のあと深刻そうな声で言った。

「もう一つ……、ダンジョンに入る時に絶対守るべき鉄則がある」

「何です？」

「主ありダンジョンには絶対入るな!!　入ったら死ぬぞ!!」

ダンジョン課外授業、終了。

＊　＊　＊

……というわけにもいかないので『先生は優しいので先生のダンジョンだけは例外』という方便で課外授業を続ける。

本格的にダンジョン内に入り、内部を進む。

だが……。

「進行遅い……！」

シルバーウルフさんが先導するダンジョン攻略は、まさに亀の歩みだった。

一区画ごとに敵の待ち伏せや罠《わな》をチェックし、安全を確保して進む。

そのたびに退路も途切れていないかチェックするので益々《ますます》進行は遅れる。

「あのー……、もうちょっとサクサク進んだ方がよいのでは……？」

生徒と共に見学として同行する俺、焦れて口出ししてしまう。

「このペースだと、先生のいる最深部まで何日かかるかわからないし、夕方までには帰ってごはんの支度しないと……!?」

「何を言うッ！　ダンジョンでの安全確保はどれだけやってもやりすぎることはない！　用心がほんの少し足りなかっただけで全滅することもありえるんだぞ！」

プロ中のプロ冒険者、匠《たくみ》の技は限りなく冗長で地味だった。

まあ実際、高い技術ってのは総じてそうなんだろうけれど。

「初めて入るダンジョンは、なお一層用心に用心を重ねなければならない！　先に何があるかわからないのだから！」

俺たちにとっては庭のように歩き慣れたダンジョンなんですが。

たしかにこの人は初侵入か。

「むしろ私の進行は他の冒険者より速い方だぞ。狼《おおかみ》の鋭敏な嗅覚で周囲を探ることができるからな。たとえば……！」

シルバーウルフさんが、その犬……、もとい狼顔の鼻先を上に向け、クンクン鳴らす。

「この腐った泥のような臭い……！　いるな……！」

「何が!?」

「スキンストーンという擬態モンスターだ。岩によく似た皮膚の形状で、岩場に溶け込み獲物の目から隠れる……！」

えッ？　ウソ？

俺の目にはモンスターどころか、フナムシ一匹いるようには見えないんだが？

たしかに洞窟ダンジョン内は、壁も床も天井も岩基調で、そんなモンスターが隠れるとしたらもってこいだが……。

「たしかめてみるか、オークマ」

「承知」

念のために同行していたオーク一人が、例のモンスターが潜んでいるかもしれない範囲へ向かう。

「えッ!!　何をしている!?　まさかモンスターを捨て駒にして危険の有無をたしかめようと!?」

「捨て駒じゃないですよー」

ウチの大事なオークをそんなことに使うものか。

我が農場オークの一人オークマは、スタスタ前進。

すると案の定というべきか、ある地点を踏んだ途端に無数の触手が襲い掛かる。

触手はまるで床から生えてきたかのようだが、実際には岩のような外見で床に張り付いていたタコのようなモンスターがいたのだ。

タコ触手はオークマの四肢に絡みつき、絞め殺さんばかりであったが……。

「はあッ！」

気合い一発放っただけで岩タコは砕け散り、細かな肉片となって消失した。

「えええええええ――――ッ!?」

それを見て絶叫したのがシルバーウルフさん。

「スキンストーンは四つ星の危険モンスターなのに!?　捕まったらまず勝てないから距離を置いて戦うのが基本なのに!?」

「たしかのこの岩タコは、先生のダンジョン内をよくうろついてますなあ。いつも今みたいに気合い一発で吹き飛ばしてます」

そう言ってスタスタ進むオークマ。

そんなオークマに次々新たな岩タコが襲い掛かるがそのたび気合いで吹き飛ばされる。

「……!?」

罠を警戒し、細心の注意を途切れさせないシルバーウルフさんのプロ意識は驚嘆すべきものだ。

しかし、仕掛けられた罠を片っ端から粉砕できるウチのオークたちには関係ない話だった。

「……えーと、皆?」

放心状態のシルバーウルフさんに代わって、俺が生徒たちに呼びかける。

「今のオークマの振る舞いは参考にしないでね?　ああいうの、魔王軍四天王クラスでも無理だろうから。皆は是非ともシルバーウルフさんのやり方を参考にしてほしい」

「私にもあれぐらいのパワーがあれば無造作にサクサク進むのに……!」

シルバーウルフさんの冒険者としての常識が壊れる音がした。

「我が君我が君ー」

オークマが呼んでいる。

「何か別のモンスターが出ましたぞー」

「うおおおおッ!?　あれはッ！　危険度五つ星の凶悪モンスターッ!?」

とシルバーウルフさんが驚いている間に……。

「ていっ」

危険度五つ星なる凶悪モンスターはオークマのワンパンで砕け散った。

「わーッ!?　凶悪モンスターがーッ!?　発見されたらA級以上が緊急招集される災害級モンスターがッ!?　たった一撃で!?」

「アイツもよく現れますから倒し慣れてます」

「もうコイツがいたら私が教える必要ないんじゃね!?」

そんなことおっしゃらず。

シルバーウルフさんの教えは、若者たちのたしかな財産となるはずですから。

……なるはずですから？

シルバーウルフさんによる冒険者講座はまだ続いております。

S級冒険者の、ダンジョンで生き抜くための知恵と注意力には感嘆されるばかりであるが。

それ以上に、S級冒険者さんの方が驚きおののいていた。

先生のダンジョンに。

「何なんだこのダンジョンはあああああああッ!?」

という具合に。

「またマナメタルの鉱石があるうううッ!?　五つ星の洞窟ダンジョンからしか採掘されずううう!

小指の先程度の一欠片《かけら》でも持ち帰れば一生遊んで暮らせるというマナメタルがあああああッ!?」

そういやドワーフ王のエドワードさんも驚いていたっけ。

エドワードさんの場合驚きすぎてよく死ぬのが厄介なんだが……。

「せっかくだから採掘しといてー」

「承知!」

俺の指示でオークたちがピッケル打ち込みマナメタル鉱石を掘り出していく。

「そんな無造作に!?」

その一連の動作にさらに驚くシルバーウルフさんだった。

「マナメタルなんて勝手に湧いてくるものだから『見つけ次第掘り出してっていい』と言われてるんで。先生から」

「マナメタルがそんなに勝手に湧き出す!?　バカな、発生から結晶化まで百年単位でかかると言われているマナメタルが……!?」

え？

一度掘っても翌朝には元通りになってますけど？

やっぱアレかな？

先生がいることで何か影響でもあるのかな？

「とか言ってる間にまたモンスターが現れたぞー」

「うぬッ!?　皆私の後ろに！　モンスター急襲時の対応の仕方を教える！」

と言ってシルバーウルフさん、ウチの生徒たちを背中に回す。

ここ何か先生っぽくてよいねと思ったが、ある理由から凜々《りり》しさはすぐさま吹き飛んだ。

「んんッ!?」

向かってくるモンスターの姿を確認して。

「あれはあああッ!?」

猛スピードで、地面を泳ぐように迫ってくるセイウチのような肉の塊。

上顎から刀剣のように長い牙を生やしている。

「あれは超希少モンスター！　ビッグタスク！　あんなのまでいるのかこのダンジョンは!?」

「はいやー」

「一撃で殺したーッ!?」

いつもながらウチのオークたちは仕事が速やかだ。

セイウチ型モンスターは頭をカチ割られて、ビクビク痙攣《けいれん》しながら絶命した。

「なんだ!? 何なんだこのダンジョンは!? ビッグタスクといえば、一生に一回出会えれば幸運だという、それぐらい希少なモンスターだぞ!?」

「へえ、そんなに珍しいモンスターなんですか。でもここじゃけっこう有り触れてますよ？」

と俺。

「えええッ!?」

「一回入れば最低一回は遭遇しますし、ほら、今まさに」

俺は指さす。

その示した先から、巨大セイウチモンスターの団体さんが迫ってきていた。

「希少モンスターの群れえええええッ!?」

「皆迎撃準備だ！」

数が多いので俺も邪聖剣ドライシュバルツを引き抜いて参戦する。

なんでかあのセイウチは団体で襲ってくる。

最初の一匹は先駆けに過ぎなかったか。

俺とオークたちで何とか迎撃に必死になっていると、いつの間にかセイウチモンスターの死体が積み重なって山となり、危機は脱した。

「ふぃー、やっと一息……」

「ビッグタスクの死骸が……!?　こんなにたくさん……!?」

打ち震えるシルバーウルフさん。

「でもこのモンスター、倒しても利用価値が低いんですよねー。肉は脂肪だらけで食いづらいし
……？」

「何を言っている!?　ビッグタスクの牙こそ宝のように貴重なものだぞ!?　様々な道具に加工できるし、何より削って粉にしたものは万病に効く霊薬だ！　だからコイツとの遭遇は幸運とされているんだ！」

へー。

一見無価値と思っていたこのモンスターに、そんな利用方法が？

「さすが一流冒険者！　経験豊富で色んなモンスターと戦ってきたから、特長にも詳しいんですね!?」

モンスターのどんな部位にどんな利用法があるかとか。

生徒たちにとってだけでなく俺たちも学ぶ価値があるんじゃないだろうか。

「是非とも俺たちに伝授してください！　モンスターを有効活用する冒険者の知恵を！」

「いや……！　それ以前に、こんなレアモンスターがポコポコ出てくるこのダンジョンの異常性を
……？」

「あ、また新しいモンスター現れた！　あれはどんな風に活用できます？」

「また激レアモンスターあああああッ!?」

こうしてS級冒険者の役立つ授業は進んでいった。

＊　＊　＊

そして最深部、先生の下へとたどり着いた。

『コングラチュレーション』

先生から賞賛の拍手を賜った。

『よくワシのおる最深部までたどり着いた！　お前たちならやれると信じていた！　見事だぞ！』

「先生ー！」「頑張りました先生ー！」

同行していた生徒らが先生の下へ駆け寄っていく。

アイツら俺やオークたちのあとを付いてきただけで特に何もしてなかったけどな。

そしてさらに脇の方では、シルバーウルフさんが精根尽きたように蹲《うずくま》っていた。

「……あの、大丈夫です？　そんなに疲れました？」

「疲れた……！　しかし疲れたのは歩いたり戦ったからではない……！　精神的疲労だ!!」

左様ですか。

「何なんだこのダンジョンは!?　普通のダンジョンだったら大騒ぎになるようなレア素材やレアモ

ンスターが湯水のごとく！　優良だ!!　ダンジョン自体が宝の山のような超優良ダンジョンではないか!!」

『そんな照れますなあ……！』

先生が顔を赤くして照れなさった。

あのミイラみたいな顔でも赤面する機能あるんだ。

「このダンジョンが、正式にギルド登録されたらどんな評価になるんだ……!?　最高級の五つ星……!?　いや、それ以上の六つ星に認定されることだって……!?」

シルバーウルフさん、なんかブツブツ言っておられる。

「六つ星ダンジョン……！　これまでアレキサンダー様のダンジョンのみで唯一無二だった最高を超えた最高等級。元来五つ星が頂点だったというのに、それすら超える超優良というので例外的につけられた等級……！　アレキサンダー様の『聖なる白乙女の山』以外にありえない等級だったが、ついに第二の事例が……!?」

『いや照れますなあ……!?』

先生がまた照れておられた。

「おいッ!?」

シルバーウルフさん、俺へ食って掛からんばかりの勢い。

「こんなの全然勉強にならないぞ!?」

「ええー？」

いきなり何かと思ったら、これは生徒たちにダンジョン攻略法を学ばせようという企画意図自体への難癖？

「だってそうだろう!?　このダンジョンは何から何まで規格外で非常識だ！　レア素材で溢《あふ》れ、レアモンスターが跋扈《ばっこ》している!!」

「あ、はい……!?」

「常識が破壊されてしまう！　これを普通だと思って一般ダンジョンに入ってみろ！　あまりの落差に失望してしまうぞ！　失望！　このダンジョンでは、ダンジョンの常識を学ぶことはできない!!」

「なんかすみません……!?」『本当に……!?』

先生まで一緒に謝っておられた。

たしかに学習のためには平均を経験するのが一番いいよね？

俺は先生とヴィールのダンジョンしか経験ないんでわからなかったんだけど、そんなに常識ド外れて凄《すご》いダンジョンだったのか……!?

「これは……!?　どうすべきだ？　ギルドに報告すべきなのか？　このダンジョンの存在を？　そんなことしたら大混乱になりそうな気もするが……!?　しかし冒険者としての義務を考えたら……!?」

頭を抱えて葛藤するシルバーウルフさん。

「特に先生！　アナタの存在が問題です！」

『なんと!?』

いきなりシルバーウルフさんの興奮の矛先が先生へ向いた。

『わ、ワシに何か至らぬ点でも……!?　ワシは生徒たちの成長のために精一杯心を砕いているつもりなのだが……!?』

「その優しさが問題なのです！」

『優しさが!?』

思わぬ指摘に大ショックの先生。

「たしかにアナタはお優しい。恐怖の王ノーライフキングとは思えないほどに。だからこそ問題だ。他のノーライフキングはアナタのように寛大ではない！　むしろ残忍だ！　冷酷無比だ！」

『た、たしかに……!?』

「ここでアナタの優しさに慣れきった生徒が『そういうものだ』と勘違いして別のノーライフキングへ不用意に接触したらどうします!?　確実に死にますよ！　人類にとってノーライフキングの視界に入ることは死と同義なんですから！」

目から鱗《うろこ》が落ちるような指摘だった。

なるほどたしかにノーライフキングは世界最恐。その存在は災厄でしかない。

俺たちにとってもっとも身近な先生が気さく&大らかであるせいで忘れそうになるが、ノーライフキングとは本来世界でもっとも危険な存在なのだ。

「おい」

「ひぃッ!?」

なんかいつの間にかシルバーウルフさんの背後にヴィールがいた。

「その死体モドキのことばっかり褒めやがって気に入らん。農場にはヤツと並んでこのヴィールのダンジョンがあることも忘れるな！」

「え？　あの……!?」

「今度はおれのダンジョンも見せてやる！　そして死体モドキ以上の高評価を下せ！　さあ行くぞ突入だ――――ッ!!」

「ひえええええッ!?」

そう言ってシルバーウルフさんを担ぎ上げ、駆け去っていった。

『ワシは……、たしかに失念しておった……!!』

その一方で先生がショックを受けておられた。

『たしかにノーライフキングとは危険で恐るべきもの。その遭遇は死と同義。そんな基本的な感覚を麻痺《まひ》させては、生徒たちに死の危険を与えてしまう……!?』

先生、深刻に受け止めすぎです。

先生が先生すぎる。

『これは、急いで授業を組む必要がありそうですな』

「授業？」

『ノーライフキングの恐ろしさを教え込むための授業です。そのためにももう一つ課外授業をすべきでしょう』

「課外授業？　なんです？」

『ワシ以外のノーライフキングを見学する授業です』

不死伯爵

―― Let's buy the land and cultivate in different world ――


吾輩《わがはい》の名は……。

……いや、忘れた。

自分の名前などとっくの昔に忘れた。それが死を超越した存在ノーライフキングのトレンド。

死の克服者たる我らにとって、老いと滅びに囚《とら》われた生者だった頃の記憶はすべて恥。

だから捨て去る。

生きていた頃に呼ばれていた名前も含めて。

死に勝利した今の吾輩を、有象無象どもは『伯爵』と呼んで恐れる。

強いて挙げるなら、それこそ吾輩の超越者としての呼称。

ダンジョンの濃厚マナを吸収し、それでも自我を失うことなく不死者として転生した。

そうした超越者に冠される称号をノーライフキング。

そう、吾輩はノーライフキングの伯爵。

世界でもっとも凶悪なる存在の一人である。

吾輩が支配する『カントリー・キャッスル』は半洞窟半遺跡型の混成ダンジョン。

ノーライフキングは大抵洞窟ダンジョンを住《す》み処《か》とするが、それではやや優雅さに欠けるため、
吾輩の手で改築したのだ。

この豪勢にして奇怪な迷宮に、今日もネズミのような冒険者どもが侵入してきおる。

浅ましいことだ。

入れば死ぬとわかっていても、財宝欲しさに踏み込まざるを得ないか？

この吾輩に狙われて、逃げ切れると思い上がったか？

どちらにしても吾輩は、この不遜な侵入者たちを歓迎しよう。

絶好の退屈しのぎなのだから。

『狩り』という遊びは、獲物がいなければ成立しない。

勇敢なるコソ泥。冒険者とかいう侵入者。

勇気ある彼らこそ、この伯爵の獲物となる資格があると言ってよい。

『狩り』は貴種のスポーツだ。

獲物との命を懸けた争い。知略と膂力《りょりょく》のすべてを動員し、獲物を追い詰め、苦しめるだけ苦しめてから仕留める。

その残虐性はなるほど強者が嗜《たしな》むに相応《ふさわ》しい。

吾輩は、そんな『狩り』という遊びが大好きだ。

特に冒険者という小賢《こざか》しい獲物とのゲームがな。

さあ、今日やってきた冒険者はどんな類の獲物かな？

小知恵が回る者もいい、俊敏なる者もいい、美しくともいい。

結局はどんな者だろうと、吾輩に追い詰められ仕留められる運命なのだから。

せいぜい不様に逃げ回って吾輩を楽しませてほしいものだ。

頑張って吾輩を楽しませれば、褒美としてはく製にして我が書斎に飾ってやってもいい。

褒美というヤツだ。

吾輩のコレクションとなるに相応しい優れた獲物を期待しよう。

さあ来るがいい。

死の運命に縛られた哀れな下等種ども。

死を超越したこのノーライフキングの伯爵が、お前たちと吾輩との絶対的な違いを教えてやろう。

吾輩は死なず、お前たちは必ず死ぬ。

そのあまりにも絶望的な存在の差をな！

さあ来い！

どかーん！

やられたー!?

＊　＊　＊

『……と、このように……』

ノーライフキングの先生が仰《おつしや》いました。

自分と同じ存在、同種にして別個のノーライフキングを一撃で葬り去りながら。

『ノーライフキングとは極めて危険な怪物なのだ。死を超越したがゆえに命の尊さを忘れた、救いがたい阿呆《あほう》よ。時折こうして命ある者を見つけては、戯れに殺して遊ぼうとする。……本当に救いがたい阿呆だ』

申し遅れました、フラミネスオークのハッカイです。

……。

なんか懐かしいなあこの感じ。

アロワナ王子の武者修行に同行していた私ですが、その旅を終えてからは以前同様聖者様の農場で他のオークたちと共に働いています。

今日は、先生発案の社会見学に護衛として同行いたしました。念のためということで。

しかしやっぱり杞憂《きゆう》でした。

引率の先生が、見学対象のノーライフキング別個体を一撃の下に屠《ほふ》り去ってしまったのですから。

『ふぎゃあああァッ!!　なななな、何なのだあッ!?』

あ、屠り去られてなかった。

先生の魔法攻撃をまともに食らいながら必殺されてないなんて、さすが凶悪な不死の王。

『さすがに立ち上がってきおるか。……見たであろう？　不死の王を僭称《せんしょう》するだけあってノーライフキングは死なず、異様なタフさが特徴じゃ。基本、命ある者がノーライフキングに対抗する手段はない。それこそ聖剣か、天使のマナカノンのような聖属性の極まった攻撃手段でもなければ』

見学にやってきた生徒たちは、感心した様子でコクコク頷《うなず》いたりメモを取ったりしています。

……よかったねキミたち。

今物凄《ものすご》く貴重な体験しているよキミたち？

『ノーライフキングは全員クズで最悪じゃ。この伯爵など典型的。「狩り」と称して人を追い回し、苦しめて恐怖させ、徹底的に絶望させてから殺す。……そんなことを趣味としている悪趣味野郎じゃ』

当人の前でボロクソ言いおります。

『そのようにノーライフキングは根本的に性格捻《ね》じ曲がったカスばかり。例外はない！　絶対近づいてはならん。それが生き残るための鉄則じゃ。わかったかな？』

「「「「わかりました先生！」」」」

いい返事だなあ。

色々ツッコミどころが満載だけど。

『ふざけるな狼藉者《ろうぜき》があッ!!』

このダンジョンの主である方のノーライフキングが激高しました。

……しますよね、あれだけボロクソに言われたら。

しかも自分ちに押しかけられた上でだし……。

『一体何事かと思ったら……!?　何故《なぜ》!?　何故ノーライフキングがここにいる!?　吾輩と同じ存在が!?』

『前途ある若者に有益なことを教えてやりたいと思っての。ノーライフキングの愚かさ、救いようのなさを』

対峙《たいじ》するノーライフキングとノーライフキング。

本来一人であるべき王が、同じ場所に集ってしまった。

『風の噂《うわさ》で耳に入っての。旧人間国の片隅に、不死となって一際思い上がった愚か者がいると。これはいい教材となると思い訪ねたわけじゃ。無論「こうなってはいけませんよ」という悪例としてな』

『ほざけ！　この吾輩を何と心得る！　死すら打ち負かした超越者に向かって!?』

『ワシもそうだ。だがそれがなんだ？　死なぬことが何の自慢になる？』

先生は静かにおっしゃりました。

『人は死ぬ。生きとし生ける者には必ず終わりがあって、それが死だ。それが当たり前のことであり自然なこと。我らはその自然の理に逆らっているにすぎん』

『……ッ』

『人は死ぬからこそ、新しい命を生み育てる。その連綿たる繰り返しこそが真の永遠なのだ。その繰り返しから外れた我々は、醜く惨めだ。その醜さを知ってもらうためにも、この子らにお前を見せたかったのだ。ノーライフキングを恐れ、かつノーライフキングになどなってはいけませんよとな』

ノーライフキングは過去、人であったもの。

生ある者が禁忌の法に触れて不死者となったもの。その知識と力を得れば、あの若者たちの中からもノーライフキングになれる可能性を持つ者が現れる?

『それを教えることが、呪われた身となったワシにできることかと思うての』

『賢《さか》しらぶるな出来損ないがあああッ!!』

相手のノーライフキングさん、さらに激高。

『知ったふうな口を利きおって、お前などノーライフキングの下等種だ! 末席だ! 比べて吾輩は高等なノーライフキングのはずだあああ! この場で破壊してやるうう!!』

伯爵の禍々《まがまが》しい魔力が昂《たかぶ》ります。

『我が究極のオリジナル魔法で滅ぶがいい「ノブレス百烈弾」ッ!!』

凄《すさ》まじい数の魔力弾が一斉に先生目掛けて飛びます。

これをまともに浴びたら先生どころかその背後にいる生徒たちまで跡形もなく吹き飛びそう。

ですがそうはなりませんでした。

凄まじい魔力弾の大群は、先生が指を一振りしただけでディスペルされて、霞《かすみ》のように消え去ってしまいました。

『はッ!?』

魔力を放った伯爵が一番驚いていました。

『未熟な魔法制御だ。ノーライフキングになって二、三百年の若僧《わかぞう》が、魔法戦でワシに勝てると思うてか?』

先生は言いました。

『ノーライフキングにも格の違いがある。お前ごとき新人がワシに挑むには千年早かったな』

『千年……ッ!? お前は……、いやアナタは……ッ!?』

実力差を感じ取れたのか、ノーライフキングの伯爵はカチカチと骨を鳴らして震えました。

……ああ、これやっぱ私の出番ねえな。

『聞いたことがある……! ノーライフキングの中でもさらに最強最悪の頂点に立つ限られたノーライフキング……! 「三賢一愚」! アナタはもしやその中の一人!?』

『そういえば博士がそんなことを言っておったな……。勝手に任命されて迷惑なことよ』

ちなみに……。

『お前のことを教えてくれたのも博士だ。「教材になりそうな最低のノーライフキングはいないか?」とマナ通信で尋ねてな。お前を紹介された。まったく自分以外のノーライフキングの詳細データまで保管しているとは、「博士」の肩書きに相応しい酔狂人よ』

『博士、先生……! 不死の王すら超える、不死の上級王……ッ!? ノーライフ・ハイ・キングが吾輩の目の前に!?』

『しかし実際に会ってみれば、聞きしに勝る最低ぶりよ。小耳に挟む程度ならともかく、実際に目にしてこの邪悪を見過ごしては、生徒たちに示しがつくかな?』

『待って! お待ちください! それほどの重鎮とわかれば最上の礼をもって歓待しましたものを! 今からでも全力でおもてなしを……!!』

『必要ない。お前のことは滅ぼすことに決めた』

『ひぇッ!?』

『二度とくだらぬ狩り遊びなどできぬようにな。死を忘れた不死者に死を与えることも、不死王の特権と知れ』

『やだあああああッ!?　死ぬのは嫌だあああああああッ!?』

＊　＊　＊

冒険者を獲物と見下し『狩り』の名目で殺してきた残虐な伯爵は、先生の怒りに触れ永久封印されることとなりました。

これ以降、『カントリー・キャッスル』は主不在のダンジョンとして冒険者で大いに賑《にぎ》わうようになったそうです。

はい、俺です。

急に暇になってしまった。

先生が『生徒たちにノーライフキングの恐ろしさを授業する』と出て行ってしまわれて……。

何故《なぜ》か俺だけ取り残された。

俺も先生以外のノーライフキングって興味あったから見てみたかったんだけど『せっかく招いた冒険者さんを残して出掛けるのもどうでしょう?』という意見があったので残った。

まあ一応俺も農場の主だから、ホストがゲストを放っとくわけにもいかんか。

なので俺もシルバーウルフさんを追ってヴィールのダンジョンに入った。

対抗意識を燃やしたヴィールが半ば無理やりシルバーウルフさんを連れ去ったのだ。

シルバーウルフさんが先生のダンジョンをやたら絶賛するので、自分のダンジョンも褒めてもらいたくなったようだ。

承認欲求の深いヤツめ。

俺がヴィールの山ダンジョンに入り、あちこち捜し回ってようやく見つけだしたところ、シルバーウルフさんが泣き崩れていた。

「こんな……、こんな凄《すさ》まじいダンジョンがまだあったなんて……!?」

既にヴィールのダンジョンを体験したあとだったようだ。

「出てくるモンスターも、拾える素材も最高級。何よりダンジョン果樹園が……、アレキサンダー様のダンジョン発祥と思われた果樹園の元祖がここだったなんて……!?」

「御主人様ー、コイツ酷《ひど》いんだぞ!? おれと御主人様で始めたダンジョン果樹園をアレキサンダー兄上のパクリだって言うんだぞ!? パクったのは兄上の方なのに!!」

ヴィールはプリプリしながら言った。

「さっきの洞窟ダンジョンですら、公になればギルドがひっくり返るくらいの超絶クオリティなのに……!? 空前絶後だとばかり思っていた傍《そば》から同レベルの超絶の山ダンジョン……!?」

シルバーウルフさん?

その……泣かないで?

「出てくる素材だけじゃなくてダンジョンの構造も褒めろよ? おれが神アイデアで作り出した四季折々の多重構造ダンジョンだぞ!?」

「ヴィール……、俺があとで滅茶苦茶《めちゃくちゃ》褒めてやるから、今は彼をそっとしておいてあげて……!」

直面した出来事に心のキャパがオーバーしたらしいから……。

すべてを飲み込むのにもう少し時間を与えてください。

「なあアンタ……!? 一体ここは何なんだ!?」

そしてシルバーウルフさんは、俺に縋《すが》りついてきた。

「こんな接近したところに二つもダンジョンが並び立っていて、しかも二つとも超優良! ギルドの審査にかけたら五つ星は確実で、ひょっとしたら六つ星まで取れるかもしれない!?」

「アレキサンダー兄上のダンジョンは星六つなんだろ？　だったらおれのは七つ星だ！」

ヴィール、今は茶々入れないで……!?

「こんな凄《すご》いダンジョンが立ち並ぶ、この場所は一体何なんだ!?」

「だから聖者の農場だぞ？」

懲りずに入れられたヴィールの茶々に、シルバーウルフさんはハッとする。

「そうか……!?　聖者の農場……!?　噂《うわさ》もちきりで、探検家系冒険者がこぞって探し出そうとしているフロンティア……!?　そうか、そうだったな……!?」

シルバーウルフさんが一人納得したようにブツブツ語りだす。

なんか怖い。

「皆が血眼になって探そうとするわけだ……！　こんなにも巨大な富が眠っているのだから……！　聖者の農場。それはこの世界に残された最後の秘境……！」

いや、そんな大層なものじゃないですよ？

俺たちが日々静かに暮らしているだけの場所ですよ？

「……わかっている。誰にも喋《しゃべ》ったりはしないさ」

何も言ってませんけど？

「……私は、この場所を自分の力で見つけたわけじゃない。アレキサンダー様という超越者に連れてこられただけだ。そんな幸運で秘境第一発見者を名乗ろうなどと恥知らずなマネはしない！」

「そうすか……」

「それは冒険者の誇りを知らぬ者の所業だ」

よくわからないがシルバーウルフさん、ここのことは誰にも喋らないそうだ。

別に言ってくれてもかまわないけどな？

いやダメか？

「じゃあ、どうしようか？　引き続き若い子たちに冒険者の心得を教えてもらいたいところだけど……!?」

その肝心の教える相手がいない。

先生に引率されて社会見学に出ているからだ。

夕飯までには帰ってくると言っていたが……、その間シルバーウルフさんにはどう過ごしてもらえばいいのだろう？

「あの……ッ!?　それならば……ッ!?」

そのシルバーウルフさんはそわそわした表情で言う。

「時間の空いている間、このダンジョンに挑戦してもいいだろうか？　新しいダンジョンを見るとどうしても昂《たかぶ》りを抑えられなくて……！　しかもこんな優良ダンジョンならなおさら……！」

ダンジョンを見ると攻略せずにはいられない。

これが冒険者のさがというものだろうか？

こうしてシルバーウルフさんは、心行くまでダンジョン攻略を楽しんでいかれた。

先生のダンジョンとヴィールのダンジョンの両方を。

もちろん一日では攻略しきれず、何日もかけて。

本来お招きした用件である農場留学生への冒険者講座もそこそこに寝食も忘れてダンジョンに没頭するんで『プロのダンジョン執着心はこれほどなのか』と感心させられたものだった。

俺としてもシルバーウルフさんの冒険者知識から、倒したモンスターの死体からどんな部位がどのように役に立つかなどを詳しく聞けて有意義だった。

モンスターや拾える素材など、ダンジョンからの収穫物を有効活用する知識で冒険者を上回る者はいない。

今まで使えないと思って捨てていた部位までしっかり活用方法を伝授してもらうのだった。

これは思わぬ収穫というべきだった。

それから一ヶ月ほどシルバーウルフさんは農場の屋敷に泊まることもなくダンジョン内でキャンプして、先生とヴィールのダンジョン双方を踏破してしまった。

その頃になったら俺も生徒たちも学ぶべきことはすべて学び終えたので、シルバーウルフさんは凱旋《がいせん》的に農場を去ることになった。

よい交流の時間だった。

＊　＊　＊

ちなみにシルバーウルフさんは、この一ヶ月間の農場滞在によって同業者間では行方不明扱いになっており、死亡説が流れていたんだそうな。

それも冒険者業界ではよくある話なのだそうだが。

こうして我が農場による、特別講師（冒険者）招聘《しょうへい》の企画は成功裏に幕を閉じた。

＊　＊　＊

以下は余談である。

久々に魔王さんが来たので、つい最近お帰りになった冒険者シルバーウルフさんの話をした。

もう少し魔王さんが早く遊びに来るか、もう少しシルバーウルフさんが長くいればお互い紹介できたのに。

「冒険者か……、我も最近、その職業に興味が湧いてな」

「え？　魔王さんまさか冒険者に転職希望？」

「そういうことではなく。人魔戦争が終わって魔王軍も少しずつ規模の縮小が図られている。魔国ではダンジョンの管理が魔王軍の主導で行われてきたが、そういうのを民間に委託しようという案も出ていてな」

なるほど。

その委託先を冒険者ギルドに。

人族特有の機関を、魔族のいる魔国にて活用する。

まさに戦争が終わったからこそできる方策ではないか。世界が進歩しているような感触がしてよいぞ。

「魔国にも当然ダンジョンがあって数も多いが、管理可能なダンジョンには常に魔王軍の一体が駐屯している。その管理を冒険者ギルドに引き継がせて魔王軍は手を引けば、相当な人員削減になるのではないかと……」

「うんうん？」

聞く限り相当な名案だと思うのですが。

なのに何故そんな夢の計画を語る魔王さんの表情は沈痛。

「実は、その計画が上手《うま》くいっていなくてな……」

「それはまたなんで？」

「反対者がいて……！」

魔王軍四天王筆頭。

『堕』のベルフェガミリア。

「今や魔軍司令として軍部の実権を握る大幹部であるからな。アイツが反対したら無下にはできん。いつもならどんな提案にも『いいんじゃないっすかね』の一言で済ましてしまうのに、今回に限ってどうして……!?」

いつも『いいんじゃないっすかね』で済ますのもどうかと……!?

一応責任ある立場なんですよね？

「……その人は何で反対してるんです？」

「それが聞いても要領をえなくてな……！　ただ一言漏らしたのが……！」

一言？

『社長が……、動き出すから……！』

「と」

「なんじゃそら？」

＊　＊　＊

その時俺には想像も及ばないことであったが。

人類最強、四天王ベルフェガミリアすらも恐れさせる。

ノーライフキングの社長。

その隠然たる影が魔国の奥底にあった。

オレはシャベ。しがない駆け出し冒険者だぜ。

噂《うわさ》を聞いた時はビビった。

S級冒険者のシルバーウルフさんが死んだって!?

冒険者の間でそんな話が飛び交っていた。

シルバーウルフさんと言えば、世界でたった五人しかいないS級冒険者の一人。

その中でも特に技巧派で知られる人だ。

一匹狼《おおかみ》でパーティを組まず、常に一人でダンジョンに挑戦する。

その孤高の振る舞いに、多くの冒険者が憧れを抱く。

かく言うオレだってシルバーウルフ兄貴の大ファンさ。

駆け出し冒険者の間では大抵『現役S級冒険者のうち誰のファンか』でゴールデンバッド派かブラックキャット派が主流となるが。

通はシルバーウルフ兄貴を選ぶもんなのさ。

だからウルフ兄貴の死亡説が流れた時はショックだった。

『そんなバカな！　ウソだろ！　オレは信じないぜ！』と思った。

何でもウルフ兄貴は六つ星ダンジョン『聖なる白乙女の山』を定期攻略中に忽然《こつぜん》と姿を消したそ

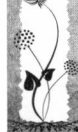

うだ。

いなくなる直前、ギルドに呼ばれたとかいう目撃情報もあったりなかったり。

そこから様々な推測が飛び交い。

『ギルドマスターの娘と結婚を強制されて逃走』説。

『ギルドマスターの嫁との不倫がバレて逃走』説。

『ギルドマスターから同性愛を迫られて逃走』説。

色々な噂が立った。

ちなみにギルドマスター一家との愛欲関係は後に一切否定された。

なんでそんな噂が立ったんだ？

とにかく一週間経《た》ってても二週間経ってもウルフ兄貴の音信はわからず……。

これはいよいよどこかのダンジョンで野垂れ死にしてしまったか？

モンスターに食われたら死体も残らないから死亡確認もできないぞ？

そう言われていた矢先……。

シルバーウルフの兄貴が帰ってきた。

約一ヶ月ぶりの帰還。

すっかり死んだものとばかり思っていたため、皆心底驚いていた。

オレも、奇跡の生還を果たした生ウルフ兄貴をこの目で直見《じかみ》したぜ。

ウルフ兄貴の安否を気遣うあまり、アニキが最後に目撃された『聖なる白乙女の山』に渡って、そこを拠点にダンジョン攻略してたんだ。

改修工事が終わっててよかった。

前に来た時色々登録してて助かったぜ。

そんなわけで再び『聖なる白乙女の山』ギルド支部に現れたシルバーウルフ兄貴だけどよ。

雰囲気が無茶苦茶《むちゃくちゃ》変わってたぜ!?

なんだか静かで、それでいて凄味《すごみ》があって……!?

まるでオレたちの知らない高みへ一人で上がっちまったみてーだった。

もちろん下っ端のオレなんか遠くから眺めるだけで精一杯だったけど。

A級やB級の人たちが頑張って話しかけても、ウルフ兄貴は何も答えないみたいだった。

行方不明だった一ヶ月間、一体どこで何をしていたのか？

聞かれても何も答えない。

だから噂は『空白の一ヶ月間シルバーウルフは何をしていたのか？』という方向で広がっていき
……。

『ギルドマスターの娘と結婚を強制されて軟禁されてた』説。

『ギルドマスターの嫁との不倫がバレて軟禁されてた』説。

『ギルドマスターから同性愛を迫られて軟禁されてた』説。

ギルドマスター一家との愛欲関係は後に一切否定された。

しかし当人であるウルフ兄貴が一切口を噤《つぐ》むために発展のしようがなく、いつしか噂も立ち消えになった。

兄貴自身も不在の期間なんか最初からなかったように『聖なる白乙女の山』を攻略し、ガンガン上層まで進んでいるという。

オレは下層でザコカエルモンスターに四苦八苦している。

……その日も。

倒したカエルモンスターの肉と皮と脂を換金して何とかその日の宿代を確保。

余った僅かな金で酒を飲んでいたら。

「……相席、いいか？」

「えッ!?」

信じられないことが起こった。

向かいの席にウルフ兄貴が座ったのだ。

うおスゲエ！

シルバーウルフの兄貴！　本当に狼の顔してるんだ!?

獣人ワーウルフかっけぇ!!

ウルフ兄貴のファンを公言するオレだが、当然面識はなく会話したこともない。

向こうはオレの名前はもちろん存在すら知らないに違いない。

そう思っていたのに何故《なぜ》いきなり!?

「……どうした？　そんな驚いた顔をして？」

「いえッ!?　あの……!?」

「同じ冒険者同士、同じ酒場で酒を飲むこともある。それとも私と一緒に飯を食うのは嫌か?」

「とんでもないっす！　乾杯ッス！」

「………チンチン」

かっけぇ～～!!

ウルフ兄貴の乾杯の呼び方かっけぇ～～～～ッ!!

乾杯をチンチン!?

よくわからないけど、かっけぇぜ！　オレも今度使おう！

「ところでお前……」

「はい?」

「聖者の農場へ行こうとしてるんだって?」

何故それを!?

「そ、そうッス！　オレはいずれ聖者の農場を発見して、歴史に名を残すのが夢ッス！」

「デカい夢だな……。しかし聖者の農場は、本当に存在するのか?」

「えッ?」

「情報と言えば、眉唾モノの噂ばかり。実在を決定づける証拠もなければ証人もいない。もしかしたら聖者の農場など存在しないかもしれない。それでもお前は探し続けるのか?」

な、なんかシリアスな問いかけか?

これは迂闊《うかつ》に答えたら、オレの冒険者人生自体がアウトになりそうな気がするぜ？

慎重に返答しなければ……！

「聖者の農場は必ずあるッス。オレは必ず見つけ出してみせるッス。それが、オレの冒険者魂ッス!!」

「見事だ」

ウルフ兄貴は満足そうに笑った。

「お前の聖者の農場に懸けた決意はよく伝わった。その情熱に免じて、いいことを教えてやろう」

兄貴が指をクイクイして『耳を貸せ』というジェスチャー。

思わず言う通りに耳を寄せると、ウルフの兄貴は、その耳以外には聞こえないような小さな声で囁《ささや》いた。

「聖者の農場は存在する！」

……ッ!?

なんだってッ!?

兄貴!?　何故そんなことを自信満々に!?

まさか兄貴は、実際に聖者の農場を!?

「私には、もうあそこを発見したと宣言する資格はない。だからお前が代わりに見つけ出すがいい。……探せ、世界のすべてがそこにある！」

なんて力強い言葉!?

ま、まさか兄貴は消息不明だった一ヶ月の間……ッ!?

「シルバーウルフの兄貴……ッ！　オレは必ず聖者の農場を見つけ出してみせます！　そして一番に兄貴に報告に行きます！」

「それでこそ熱い魂を持った冒険者だ。多くのことは語れないが、一つ忠告しておこう」

ウルフ兄貴は言った。

「聖者の農場にはノーライフキングがいる！」

「ノーライフキング!?」

あの世界二大災厄の一方!?

そんなメチャ凶悪な存在のいる場所から生還したんですか兄貴スゲェ!?

あっ、ノーライフキングと言えば最近『カントリー・キャッスル』の伯爵がいなくなったとかでも話題になってますよね。

「……フッ、私からはこれ以上言えないが最後にもう一つだけ忠告しておこう。聖者の農場には、ノーライフキングだけじゃなくてドラゴンもいる！」

「なんですって!?」

世界二大災厄揃《そろ》い踏み!?

そういえば戦争中、聖者のしもべを名乗るドラゴンが乱入してきたって話も聞くからなあッ!?

想像以上の異界だぜ聖者の農場。

でもシルバーウルフ兄貴は、そんな極悪な修羅場から生きて帰ったんですねスゲェ！

「私からは何も言えないが、お前が冒険者としての夢を果たせることを祈っているぜ……！　アディオス！」

そしてシルバーウルフ兄貴は席を立って行ってしまった。

……兄貴。

オレに冒険者としての夢を託してくれたんすね……ッ!?

その期待に応えられるように、オレ全力で聖者の農場を探します!!

……ところで。

オレの席から離れたシルバーウルフの兄貴は、二つ先の席まで行って再び腰かけた。

やはり相席だった。

ウルフ兄貴の向かいには若い女冒険者が座っていた。

「……ところでお前、聖者の農場へ行こうとしてるんだって？」

オレの時と同じこと言ってる？

もしかして聖者の農場目指してることを公言してる冒険者一人一人に言ってるの!?

「私にはもう、あの場所を目指す資格はないが、それでも一つだけ言わせてもらえば……」

「うっさい！　私はアンタなんかに言われなくても聖者の農場に辿《たど》り着くわ!!」

モモコちゃんキッツいなあ……。

話ぐらい聞いてあげればいいのに。

ジュニアがむずがると大体外へ連れていく。
外の方が、赤子の興味を惹《ひ》くものが複数あって泣き止ませやすいことがわかったから。
その日も、寝る前にジュニアがむずがり出したので、外に出てあやすことにした。
『寝入ってからじゃなくてよかった……！』と思いつつ。
そろそろ冷え込むようになってきたから外であやすのはやめないとなあ、とも思った。
ジュニアは早速、外の風景に興味を惹かれて、とっとと泣くのをやめる。
彼が御執心なのは星空であった。
今は夜なので。
しかも快晴の夜空には、煌《きら》めく星屑《ほしくず》が満天に広がっている。
「……だうー」
俺に抱っこされたままジュニアは、頭上に向かって手を伸ばした。
そして広げた手を限界まで伸ばしたところでグッと握る。
握った拳を再び広げ、また天上へ向けて伸ばして摑《つか》む。
その繰り返し。
グッパッ、グッパッ、グッパッ、グッパッ、グッパッ……。

不可解な動作の繰り返しに、俺は『?』と首を捻《ひね》るばかりだったが、段々と我が子が何をしようとしているのかわかってきた。

星を摑もうとしているのだ。

夜空に輝くあの星を。手を伸ばせば届くところにあると勘違いしている。

なるほど子どもらしい誤認ではある。

可愛《かわい》らしさを感じると共にロマンを感じさせる動作でもあった。

「人は誰もが……、あの夜天に浮かぶ星空へ憧憬を抱くものなのか……!」

ちょっぴり銀河の英雄になった気分だった。

そこで俺は思った。

ジュニアもこれから大きくなって、様々なものに興味を持っていくだろう。

夜空に浮かぶ無数の星々にも。

星にはロマンがある。

そのロマンは子どもの豊かな感受性を刺激し、人格形成に一役買ってくれることだろう。

ジュニアがいずれ、心豊かな大人になるためにも……。

星は重要だな!

＊　＊　＊

なので天体望遠鏡を作ることにした。

星といえば天体観測！

天体観測といえば望遠鏡！

ジュニアが成長し、自然の仕組みが理解できる程度の賢い子どもになった頃、一緒に望遠鏡を覗《のぞ》いて親子の絆《きずな》を深めるのだ！

『ほらジュニア、あれがM45プレデアス星団だぞ』

『パパは何でも知ってるんだね!!』

というやりとりが期待できるのだ！

父親の威厳が鰻《うなぎ》登り!!

そのためにも天体望遠鏡を作ろう！

『天体望遠鏡などと文明の香りがするものを果たして製造可能なのか？』という声も聞こえそうだが大丈夫。

構造的にもそんなに複雑じゃないだろうし、これまでも色々なものを作ってきた。

そのノウハウを投入すれば作れないこともないはずだ。

レッツチャレンジ、天体望遠鏡作り！

＊　＊　＊

素人な俺の先入観交じりのイメージだが、天体望遠鏡作りに重要な要素は二つに分かれるように思える。

本体とレンズだ。

レンズは、まあそれがなくてはそもそも望遠鏡ではあるまい。

これはエルフのガラス細工班に注文を出すことにしよう。

レンズは元々ガラス製なのだし、さらにポーエル率いるガラス細工班には過去、顕微鏡の作製に力を貸してもらってレンズ作りの経験が蓄積されているはず。

細菌の研究＝顕微鏡の完成に情熱を燃やしたガラ・ルファの無茶《むちゃ》振りが今ここで活《い》かされる！

製造するポーエルたちにしてみれば『悪夢再び！』って感じなんだろうけど。

レンズはそれでいいとして次に重要なのは本体だな。

具体的にはレンズを取り付ける筒みたいな部分だ。

これは紙を原料に形成することにした。

聞いた話では昔の望遠鏡は紙を素材に作られたとからしいし。

実は我が農場でも紙を生産している。

ダンジョン果樹園から伐《き》り出した上質な木材で、ゴブリンたちが漉《す》いて生産しているのだ。

とはいっても農場内ではちょっとしたメモ紙ぐらいにしか使われず、案外使いどころがないので生産取りやめにしようとしたところパンデモニウム商会のシャクスさんが目を付けてきて『是非この紙を我が商会で販売！』と泣きつかれた。

それで商会に卸す用に今でもいくらか漉《す》いている。

まあゴブリンたちも紙作りは楽しいようなので問題ないが。

その紙を一部拝借し、ポスターみたいに丸めて筒状に。

筒の太さを慎重に調節してから漆を塗って固める。

これで望遠鏡の本体となる筒完成だ。

その筒の表面に金箔《きんぱく》で美しい装飾をつけるか、漆の自然な質感を残すかでまたエドワードさんとエルロンが揉《も》めていたが、無視した。

ポーエルwithガラス細工班が涙の果てに完成させた望遠用レンズを取りつけ、ついに完成！

異世界天体望遠鏡!!

＊　＊　＊

「なんだ食い物じゃないのか」

ヴィールがその一言と共に興味を失い去っていった。

しかし他にも多くの群衆が、完成した望遠鏡を興味深げに取り巻いている。

「あんな筒……？　みたいなもので何ができるというんだ……？」

「あれで遠くのものが見えるらしいわよ？」

「千里眼魔法みたいに？」

皆が望遠鏡に興味津々。

既に木製の台座にセットされ、斜め上方を向いている。

これが見透かすのは遥《はる》か天空なのだから。

「見てくれよプラティ！　ジュニアがもう少し大きくなったらこれで一緒に天体観測するんだ‼」

「はあ」

明らかに男のロマンがわかってない顔の妻。

いいんだ！　夜空を見詰めるのは父と息子だけの二人だけの時間なんだい！

そのためにも今のうちに望遠鏡の性能チェックしておくか。

いざジュニアが大きくなってから『欠陥がありました！』とかなったらしょうがないものな。

あと、望遠鏡を製作中に気づいたことだが、ここは異世界だ。

前の世界と天体の構造が同じわけがない。

何故《なぜ》最初に気づかなかったのか？

つまり夜空に星が無数に瞬いているのは同じだが、星の位置や輝きなどまったく様相が違うということだ。

比較不可能だが星の総数だって違うことだろう。

だから前世界の天体知識をひけらかして尊敬を勝ち取るなどできようがない。

こっちの世界にはオリオン座もないだろうし、冬の大三角形もなければ夏の大三角形もないに違いない。

肉眼で確認してみたところ北極星すらなかった。北斗七星もないので従って死兆星もあるまい。

「ならばジュニアが赤ん坊のうちに天体観測しまくって、この世界での天体知識を蓄積する……!!」

この世界の天体図に勝手な星座を作製するのもよかろう。

「ねえねえ、その道具って夜の星を見るためのものなんでしょう?」

特に興味もなさそうなプラティがジュニアを抱き上げつつ言った。

「でも今昼間よ?」

そう、望遠鏡の完成タイミングがちょうど真昼になってしまったので、本格的な天体観測をするには日が沈むまで待たねばならない。

まあでも昼間でも望遠鏡の性能チェックぐらいはできるだろうと、レンズを覗《のぞ》いてみる。

「……おお、よく見えるよく見える」

試しに遠くのお山を覗いてみたところ、表面を覆い尽くす木々の詳細な形まで確認することができた。

出来いいではないか異世界天体望遠鏡!

まさにポーエルたちガラス細工班エルフたち脅威の技術力の賜物《たまもの》だな。

では次は本格的に空も見てみよう。

昼間ではあるが上手《うま》くしたら金星的なものを確認できるかも!

太陽だけは直視しないよう注意して覗くと……。

「…………何だ？」

望遠鏡のレンズに、予想だにしない奇妙なものが映っていた。

雲だ。

望遠鏡は上を向いているので、空に浮かぶ雲が見えるのは当然だが……。

奇妙なものの主体は雲ではない。

その雲の上に立っている人だ。

雲の上に人？

どういうことか？　昔のテレビであったような神様かカミナリ様のようではないか？

ん？　神様？

俺、戸惑いながら覗くのをやめない。雲の上に立つ人は、自分が遠くから見られていることなど気づきもしない様子だった。

一目でわかる美形美男子な青年だったが、その美青年が雲の上で唐突に……。

『ア～～～ッ!!　ポロンッ!!』

と叫び出した。

意味不明だった。

望遠鏡で覗いているのになぜ声が聞こえるかというのも不明だったが、そこは置いておいて……。

『ア～～～ッ!!　ポロンッ!!　ア～～～ッ!!　ポロンッ!!　ア～～～～ッ!!　ッ!!　ッ!!

ポロンッ!!』

と謎の絶叫を繰り返す。

ちなみにフリも織り交ぜてあった。叫び声に対応してコマ○チのパクリみたいな動きを取る。

そんなシュールな光景を、俺は望遠鏡越しに覗くのだった。

やがて美青年、苛立《いらだ》たし気に叫ぶ。雲の上で。

『ダメだッ！「ア～」と「ポロン」の間が完璧じゃない！ここの究極の間を割り出さなければ神々の間でドッカンドッカン笑いを誘える一発ギャグにはならない‼』

そして美青年は再び『ア～ッ‼ ポロンッ‼』と奇声を上げながらコマ○チのパクリみたいな動きを繰り返した。

俺は望遠鏡から目を離した。

肉眼では当然あの天にいる美青年は確認できず、白い雲が悠然と揺蕩《たゆた》うだけだった。

「…………なあ」

俺は手近にいる、いかにも知ってそうな人に聞いてみた。

「天界の神でアポロンっていない？」

「えッ？ いますよ。天神ゼウスの子どもの一神アポロンは、戦神アテナと並んでもっとも父から愛されている芸術の神です！」

やっぱり。

『お笑いは芸術の範囲内なのか？』と一瞬引っかかったが。

……異世界望遠鏡は、天界に住む神々のプライバシーを著しく侵害するということで封印された。

俺とジュニアで親子天体観測する野望が！
おのれ天の神々め!!

植林計画の進捗

| Let's buy the land and cultivate in different world |

エルザリエルがやってきた。

彼女はエルフ。かつては同族の盗賊団を率い世界各地を荒らし回った大犯罪者。

一応、悪い金持ちからしか盗まない義賊だったそうだが。

捕まったり釈放されたり色々あって、今では植林作業に従事している。

彼女の今日の訪問にも、そのことが関わっているようだった。

「……それで、今日は何の御用件で？」

「ちょっと待て。この美味しいごはんを全部食べてから……」

訪問するなり、話をするより先に食事を所望したエルザリエルさんであった。

ごはん粒を撒き散らすがごとき勢いで、出された料理を口内に押し込んでいる。

「やっぱりここのメシは美味いな！　食糧庫ごと盗み去りたいぐらいだ!!」

「恐縮です……！」

農場で作られるごはんは……、正確には俺が作ったメシは好評で、皆から喜ばれるんだけども。

このエリザリエルさんはとりわけ気に入ってくれたようで、これがあるので『帰りたくない！』

と子どものようにゴネるほどだった。

新作のチャーハンを吸引機のように掻きこみながら、エルザリエルさんは盗賊時代でも見せなかったような貪欲さであった。

「あー、食った食った。腹いっぱいだお代わり！」

「あの……、そろそろ用件を……？」

何か話さなきゃいけないことがあるんで、魔王軍から許可取ってこちらに来たんですよね？

わざわざ転移魔法で送り迎えまでしてもらって。

もしこれで『ごはん食べるために適当な用事をでっちあげました』とか言ったら信用が下がるぞ。

ただでさえ元盗賊で信じられにくいというのに。

「心配するな。ちゃんと用事はある。しかもお前たちにも関わりのある用事だ」

エルフのエルザリエルさんは言う。

「植林作業に関してだからな」

植林作業。

それはエルフの枯れた森を再生させる作業であった。

旧人間国の領土内にかつて広がっていた森。

しかし今はない。

人族が使う法術魔法によって大地のマナが吸い尽くされてしまったからだ。

魔力の元となるマナは、自然の生命活動を支えるエネルギーでもある。

人族の横暴によって枯れ果てたエルフの森を、再び緑溢《あふ》れる空間に戻す。

そのために直接動いているのが、このエルザリエルさんだった。

「元々は我らエルフ族が住んでいた森だ。それを復活させることに異存はない」

ということでエルザリエルさんが先頭に立って実行されるエルフの森再生作業。

具体的にやるのは植林だった。

自然マナが戻って肥えてきた更地に、若い苗木を何本も植えこんでいく。

十数年もすれば苗木が育って立派な成樹となり、何百年と栄える森林を形成していくことだろう。

が……。

「問題が起きた」

「問題？」

「作業を妨害する者が現れたのだ」

妨害とな。

穏やかじゃない言葉が出てきた。

でも何故《なぜ》妨害なんか？

エルザリエルさんがしているのは立派な慈善作業で、誰かが困ることなんてないだろうに。

逆に植林作業の邪魔をして誰かが得することもないと思う。

「一体誰が妨害なんかを？」

「エルフだ」

意外な名が出た。

それはエルザリエルさん、出身種族のことじゃないか。

「エルフが敵対しているというんですか？　同じエルフのエルザリエルさんに？」

「エルフは元来排他的な種族。同族だろうと所属が違うだけで完全に余所者《よそ》だ。襲ってきたのは今なお森の中で暮らしている地元エルフだな。……つまりジモエル！」

……いいですから。

旧人間国の領内に、エルフが暮らしていける森は本当に少なくなったがそれでも僅かには残っていた。

我々はその森を元の広さに戻すことを目指しているんだが……。

そんな猫の額のような森にしがみつくように暮らし、頑《かたく》なに古くからの生活を守り続けているエルフがいるらしい。

「筋金入りの保守エルフといったところだな。住める森が少なくなり、多くのエルフは、いまだ豊かな森が多くある魔国へ移り住むか、定住生活を捨てて盗賊に成り下がった」

エルザリエルさんなどは盗賊へと転職したクチ。

何も好きでヒトの者を盗むようになったのではなく、生きるための過酷な選択の末だったということだ。

「新天地へ移り住むのも、違う生き方を探るのも楽な道と言うべきかもしれんな。最初からの生き方を貫き通すことに比べれば。その一番キツイ道を選んだヤツが、いまだ人間国の僅かな森に棲《す》むジモエルだ」

気に入ったんですかその呼び名？

「枯死寸前の森にしがみついて昔ながらの暮らしを守っていくことは想像を絶する過酷さだ。その過酷さをあえて選んだ連中はまさに頑固。元々頑固な性格のエルフの中でも特にな」

そんな旧守エルフの住む森に、侵入者が現れた。

エルザリエルさんも一員の、植林作業隊だ。

「……植林は、元々エルフの森があった地帯を対象に行われる。自然、今あるエルフの森を押し広げるように進めていく」

人族によるマナ枯渇の影響を受けながら、極小範囲に僅かに残ったエルフの森。

それを元の範囲まで広げ直そうと。

「そのためにもまず、今なおエルフの森に棲《す》んでいるエルフたちにも協力を得ようと思ってな。挨拶がてら森を訪ねてみた。そしたら追い返された」

「えー？」

「ヤツらにとっては同族でも、森を捨てて出ていったヤツは仲間ではないらしい。エルフの森に近づくなら侵入者とみなし、攻撃してくる始末だ」

「そんな……、それじゃあ植林作業も進められないじゃないですか？」

「そういうことだ」

森周辺で植林を行おうとする人員に矢を射かけてくる。

せっかく植えた若苗を掘り起こしていく。

そんな妨害をされて一向に作業が進まないという。

せっかく誰の迷惑にもならない慈善作業だというのに。滅びゆく自然にしがみついて頑《かたく》なに昔の生活を守ってきた人たちだからこそ、益々《ますます》頑固になってしまったんだろうが……！

「植林作業を進めるには、このジモエルを排除する以外にない。私は魔王軍と協力して攻めかけたのだが……」

話し合いという手段はなかったんですか？

「しかし、やはり森の中でエルフは無敵だ。森の中は視界不明瞭。エルフは木々に紛《まぎ》れながら、完全に気配を消して近づいてくる。そして百発百中の矢で狙ってくるのだ」

対して他種族は、森を熟知しておらず気配を断つ術もいない。

どんなマヌケな獣よりもグズでノロマで狩りやすいとのこと。

「エルフが使うシャーマン魔法は魔術魔法の一種であるが、より密接に自然精霊との繫《つな》がりを持つ。そいつで魔法防護壁無効化を付与させた矢を放たれたら獲物は一巻の終わりだ」

「獲物……！」

「そんなわけで魔王軍を戦いに投入するにはあまりに危険すぎる。エルフを森の中で倒せるのはエルフだけだ。つまり、この私だ！」

エルザリエルさんは自分を指さす。

「しかし、いくら私が勇猛果敢でも一人で集団を相手取るのは無謀だ。こちらもそれ相応の数を揃《そろ》えなければならない。……それでだ！」

「ここに来たと？」

やっと本題が判明した。

つまりエルザリエルさんはケンカの頭数を揃《そろ》えるために我が農場へやってきた。

何故なら我が農場にはエルフが二十人は住んでいるからだ。

しかもエルザリエルさんとは旧知の間柄。

何せかつては一緒に盗賊をやっていたので。

「エルロンたちの手を借りに来たということですね？」

「その通りだ、『雷雨の石削り団』を期間限定復活させ、植林作業を阻むエルフどもを排除してやる！」

いや、一応アナタたちの同族でしょうに……!?

森の中でエルフとまともに戦えるのは、エルフだけ。

その摂理に則《のっと》れば適切な対処と言えるのだろうが……。

「やだ――――ッ!!　絶対やだ――――ッ!?」

俺とエルザリエルさんとの会談に乱入してくる褐色美女。

それは我が農場のエルフチームを代表する、エルフのエルロンだった。

「エルロン!?　貴様立ち聞きしてたなッ!?」

「姐《ねえ》さんが訪問してきたら警戒してそれぐらいしますわ!!　そして私は行かない！　戦いになんか赴かない!!」

「なにぃ!?　エルロン、我々の故郷が甦《よみがえ》るかどうかの瀬戸際なのだぞ!?」

「そんなこと言ったって！　姐さんに従って農場から離れたが最後、用事が済んでも何やらと難癖つけて引き留められ、永遠に農場に帰れないに決まってるんだー！　そんなの絶対いやぁぁぁぁああああああッ!!」

エルザリエルさん信用ねえ。

すっかり農場に住み慣れた我が家のエルフたちは、ここから離れることを何より嫌うのだった。

さながら刑務所に入りたくない被告人のように。

全身全霊を懸けて嫌がるのだった。

「ええい！　すっかり軟弱になりおって！　それでも『雷雨の石削り団』二代目頭領か!?」

「今はただの皿焼き職人だい！」

「うるせえ！　私だってここに住みついて毎日美味しいごはん食べたいのに、お前らだけいい目見てズルいんだよ!!」

「ついに本音が出たなああッ!!」

さて、俺は農場の主として、この提案にどういった判断を下すべきだろう？

戦いになれば、相手は同族のエルフ。

本人たちは露ほども気にしてないようだが、同種の仲間同士で殺し合うのは見ていても心苦しいし、戦えば当然犠牲者も出ることだろう。

ウチの農場のエルフたちは大切な労働力にして心通った仲間。

今さら一人も失いたくはない。

「ならば答えは決まったな」

いまだエルロンと取っ組み合いしているエルザリエルさんに言った。

「ウチのエルフたちはお貸しできません。その代わり強力な助っ人を紹介させていただきましょう」

ハイエルフ

わらわの名はエルエルエルエルシー。

エルフ族にて神聖な響きを持つ『エル』の語を四つも名に刻むことを許された。

いわば偉い人じゃ。

それもそのはず、わらわは一握りのエルフだけが進化するエルフの上位種。

ハイエルフなのじゃから。

エルフは元来、森と共に生き、森と共に繁栄する種族。

ハイエルフはその究極形と言っていい存在じゃ。

森から湧きだす清浄なる空気とマナを取り込むことで、身体《からだ》に変化をもたらす。

そうしてエルフはハイエルフへと進化する。

ハイエルフは、元となったエルフを遥《はる》かに超える清浄マナと森への順応性をもって、森の中で無敵となれる。

森の中でなら魔王とだって互角に戦えるのじゃ。

そして森の清浄マナに満たされたハイエルフの肉体は老いることがないのじゃ。

わらわ自身、そろそろ二百歳に達しようかという時候だが、この肌は赤子のようにきめ細かく、髪もサラサラ。

四十そこその小娘の方がわらわより老けて見えるくらいじゃ。

まあ、その代わりハイエルフにも重大な弱点というか欠陥があるがの。

清浄な空気とマナを取り込み、それが普通となりすぎてしまったがための弊害。

森の外の通常の空気やマナが、我らハイエルフにとっては濁り汚い。

毒と言っていいレベルじゃ。

だから我らハイエルフが森の外に出ると毒の空気を吸い込むことになり、体内は荒れ果て、程なく衰弱して死んでしまうじゃろう。

森の中でしか生きられないハイエルフ。

森に愛されたがゆえの運命じゃのう。

そんな我々じゃから、森が生き続けるかどうかは死活問題じゃった。

時代の経過と共に段々痩せ枯れていく森。

豊かに木々が生い茂っていた地区も十年二十年とかけて萎《しお》れていき、草一本生えぬハゲ地となってしまった。

見えない力が、わらわたちの森を蝕《むしば》んでいくのがわかった。

わかったところで止めようがなかったが。

豊かで広かったはずの森は、青虫に食い破られた葉のように段々と小さくなっていき……。

そこに棲《す》む我らエルフも息苦しくなってきた。

狭くなった生活圏を奪い合って争いが起き、多くの命が無益な争いで散っていった。

そのうちエルフ族は考えの違ういくつかの派閥に分かれ……。

ある派閥は、新たな生活圏を求めて別の森を探して旅立ったり……。

また『森が枯れた原因は他の種族たちのせいだ』と断じ、復讐《ふくしゅう》と称して魔国や人間国で盗みを働くエルフも出だした。

わらわはどちらにも属さなかった。

何せハイエルフだからのう。

森の清浄な空気でしか生きられないわらわは、森から出ること叶《かな》わぬ。

新天地を求めて旅立つこともできぬ道理。

この森と共に生きて、この森と共に死ぬのが、森と一心同体にまでなったハイエルフの運命なのじゃ。

そして誇りじゃ。

今は、わらわと同じ運命を背負ったハイエルフの馴染《なじ》み数人と、そんなわらわたちに同調して残ってくれた通常エルフ十数人と共に静かに暮らし……。

そう遠くないうちに訪れる滅びを迎え入れるであろう。

そう思っていた今日この頃。

なんか予想とは別の方向から変化が訪れた。

森を自由に出入りできる通常エルフたちから報告があった。

「人間国が滅亡しました！」

と。

んー？

国って滅ぶものじゃったか。一応わらわの生まれる前から存続しておったんじゃがのう。

しかしその報告を聞いた時、わらわは正直『だから何？』としか思えなかった。

我らエルフ族は世俗に一切関わらぬ。化外にてどんな大事件が起きたとしても、わらわたちの与《あずか》り知るところではない。

が、どうやら若者に言わせれば違うらしい。

我らの森が枯渇し、段々と範囲を狭めていたのは人族が使う法術魔法とやらのせいなんだとな？

人族のマナが、大地から強制的にマナを奪い、そのために自然の力が衰えている。

人間国が滅びたのならば、彼の国が防衛のために張り巡らせていた魔法の数々も停止し、奪われたマナも戻ってくるだろうと。

やったあ。

ならばわらわたちも滅びずに済むんじゃな？

我らが森も衰亡を止め、少なくとも滅びることはない。

上手《うま》くすれば戻ってきたマナによって森が活性化し、元の豊かな大樹海へと戻ることであろう！

それは素晴らしいことじゃとウキウキしていたら……。

さらなる方向から別変化があった。

魔王軍なる輩《やから》が森を訪ねてきおったのじゃ。

聞けば人間国を滅ぼした当人だという。

支配者の交代を告げに来たとでも言うか？

生憎《あいにく》とこのエルフの森は、誰の支配も受けぬ。

エルフが傅《かしず》くは、エルフを生かす森へのみ。

支配者ごっこがしたくば森の外でするがいいわ。わらわたちには一切関わりのないこと。

え？　何違う？

てっきり我らエルフに臣従の誓いを立てよと迫りに来たのかと思ったが。

人間国の連中がそんなことをしに来たからのう何度か。

そのたびにギッタギタにして追い返してやったが。

貴様ら魔族どもは違うというのか。

「我らが望むのは、エルフの森の再生だ」

魔族どもの群れの中から進み出てくる一人を見て驚いた。

なんと我らの同族エルフではないか。

「私は屈強のエルフ族戦士、勇猛なるエルトエルモエルスの孫娘エルザリエル」

ほう、いつだったか森を捨てて出ていった狂戦士の孫とな？

そんな輩が、何故《なぜ》魔族と行動を共にしておる？

「外では目まぐるしく情勢が変わっていってな。私が魔王軍と共にここに来たのもその一環だ」

何を望むという？

「植林作業だ」

しょくりん？

しょくりんしょくりんしょくりん……、食林⁉

森を食べるというのか⁉　不敬な⁉

ただでさえ滅びかけている我らの森にとどめを刺すつもりか食いしん坊め！

「違うわ！　植えるの！　林を植えると書いて植林‼」

この外エルフの話をよくよく聞くと、何となくどういうことかわかってきた。

つまり、今は枯れて更地となっている場所に、若い木々を植え生長させ、森を復活させようということだろうのう。

「この方法ならば、自然に任せるよりも遥かに早く効率的に森を回復させられる」

「ふーん？」

「魔王軍のこの事業は意義あるものと思う。この苦難の時期にあっても森を捨てずに棲み続けたアナタにも協力を仰ぎたいと思って、今日お訪ねした次第」

ふん。

久々に集落外のエルフを見たことは喜ぶべきか。

だが用件はくだらぬのう。

わらわは言ってやったわ。

「おぬしらの言いたいことはよくわかった。とっとと消え失《う》せるがいい」

「それは……」

「おぬしら外の世界の連中が、外の世界で何をしようと勝手じゃ。戦争しようとも殺し合おうとも。だからこそ外の連中が、我らに干渉することは許さん」

「しかしこれは、アナタたちの森を再生するための……」

有益ならば従う義務があるとでも？

虫唾《むしず》の走る親切ごかしよ。

いいかよく聞け。この森は、この森を崇《あが》め敬うエルフだけのものよ。

外から来た何人にも好き勝手はさせん。

まして我らにとって神にも等しい森に手を加えるなど。

森は、自然の中で育まれてこそ森なのじゃ。

人の手を加えて、効率的に育てる？　冒瀆《ぼうとく》もいい加減にせよ！

「そのような行為は、森を人が支配しようとする不遜な行い。森の娘であるエルフたちは、そんな悪行断じて許さぬ。強行するなら相応の罰を心得よ」

「協力するどころか妨害すると……!?」

エルトエルモエルスの孫娘とやらは、途端に野獣のような目つきになりおった。

なるほど戦士の血脈らしいの。

「しかし所詮外に出たエルフなど、エルフの誇りを失った野良猫じゃな。森の在り方も理解できず、外の阿呆《あほう》どもに同調するとは。おぬしのようなエルフはもうエルフとは言えぬ！」

「衰えた森にしがみつく頑固者に話が通じるとは思えなかったが……、やはり案の定だな。しかしこれは既に決まったことだ。貴様らごとき老害に覆すことはできないぞ！」

「力ずくで来るとでも？　よかろう森でエルフに勝てる者などいないということを教えてやろう。いやおぬしもエルフであったか？　しかし都会で衰えた勘が我らに通じるかのう？」

こうして交渉は決裂に終わった。

早晩、新たな支配者どもが我らを制圧しにやってくるであろう。

別に大したことではない。

森の外を人族どもが支配しておった頃から繰り返されてきたことじゃ。

欲深い人族の王族どもは、幾度となく我らエルフ族に臣従を迫り、見目麗しいエルフ数人を王宮へ奉公に上がらせろと迫ってきた。

そのたびボッコボコにしてやったものじゃ。

外の支配者が人族だろうが魔族だろうが変わりない。

我らエルフは独立不羈《ふき》を貫くのみ！

それに納得できないというのなら、いつでもかかってくるがいい!!

＊　＊　＊

数日後。

やっぱり魔族どもは攻めかけてきおった。

愚か者ども。どんなに小さく狭まろうと、森に抱かれたエルフは無敵よ。

木立に紛《まぎ》れながら完璧に気配を消し、防御魔法を無効化する百発百中の矢を当てる。

狩られる獲物の恐怖を思い知るがいい。

……と思っていたら。

なんか敵が送り込んできたらしいゴブリン一体に、我ら全滅させられた。

ゴブリン鎧袖一触

Let's buy the land and cultivate in different world

俺です。

今日は遠出して農場の外へ来ております。

エルフの森。

ここがエルフたちの本拠地か……。

「でも本当に荒れ果ててるなあ……!?」

俺たちはちょうど森の入り口というべき地点。

木々が生い茂るエリアと、そうでないエリアの境界線というべき場所に立っていた。

厳密には、森の外側へ一歩下がった位置。

おそらくこれ以上森側へ入ろうものなら、マンハンターと化したエルフたちの矢が容赦なく飛んでくることだろうが……。

ただ、それよりも気にかかるのがエルフの森内外の荒れ果てようだった。

草一本生えない荒野。

土は乾いてサラサラ、岩肌剥《む》き出し。

地面に線引くように真っ直《す》ぐ延びる帯状窪地《くぼち》は、かつて川が流れていたのだろう。

今は干上がって見る影もないが。

そんな荒れ果てた風景が見渡す限り広がっていた。

これが法術魔法によって自然マナが抽出された結果……。

「人間国が滅びて自然を荒らす法術魔法が停止した今、大地にも少しずつマナが戻ってきているはずだ。この大地は甦《よみがえ》ろうとしている」

だから植林作業を行って、復活の手伝いをしようという話だからな。

それを当地に棲《す》んでいる地元エルフ自身に承認してもらうためにも戦いは避けられない。

「このまま植林作業を進めても、ジモエルによる妨害があれば深刻な遅れが出るだろう。作業の本格発進の前に、ジモエルへの対処をすることは不可欠」

エルザリエルさんが深刻そうに言う。

彼女もいつの間にか植林作業に真剣になったものだ。

その一方で……。

「嫌だーッ!! 帰る! 我が心の故郷、農場へ帰るーッ!?」

半ば無理やり連れてこられたエルロンはまだ泣き叫んでいた。

連れ出されたら最後、エルザリエルさんの強権で二度と農場には戻れないと信じていたからだ。

「大丈夫、俺が責任もって一緒に帰ってあげるから……!」

「ううッ、片時も聖者から離れない……!」

そう言って俺にしがみつくばかりであった。

「二人とも、それ以上森に近づくなよ」

エルザリエルさんが戦士の緊張感で言った。

「既に森の入り口付近に、ジモエルどもが布陣している」

「地元エルフね……！」

だが俺には何も感じられなかった。

目前に広がる森は静謐《せいひつ》さを湛《たた》え、何処《どこ》までもひそやかな印象しかない。

木々の間から小鳥の囀《さえず》りまで漏れ聞こえた。

こんな平和な空間にエルフが潜んで、殺気を込めて狙っているというのか？

「エルフの隠形術をもってすれば小鳥にすら気づかせない。しかしエルフ同士ならば察せられる。少なくとも五人。こちらへ矢を向けている」

「六人だ」

エルロンの語りに、エルザリエルさんが訂正を被《かぶ》せてくる。

「やはりお前も勘が鈍っているな。飛び切り気配遮断の上手《うま》いヤツが一人いる。お前単独なら今頃死んでたぞ」

「だから『少なくとも』って言ったじゃないですかッ!?」

言い争う初代頭目と二代目頭目。

いや俺には何も感じないから二人の論争には加われないが。

しかしやはり凄《すご》いなエルフは。

森に潜ったエルフは誰も見つけられないし、従って攻撃もできない。

しかしエルフの方からは森をさまよう獲物は丸見え。

森を味方にしたエルフは無敵。

かつてウチに潜入したエルロンを容易《たやす》く捕まえられたのも、森の外で遭遇したからではないだろうか？

「通常、森に潜むエルフを他種族が倒す手段は唯一無二。潜んだ森ごと焼き払うことだ」

「そんな乱暴な……!?」

唐突なエルロンの説明に俺引く。

しかし森という絶対地形支援を受けたエルフを倒すにはそれこそ、守護者たる森ごと倒さなければならなかったんだろう。

「エルフの森がここまで縮小した原因も、マナ枯渇だけでなく人間国との争いで森を焼き払われたからだという……」

「今回も聞き分けのない地元エルフを押さえつけるには、そうするのが唯一にしてもっとも確実な方法だ。でも今回に限って、それは使えない」

だよなあ。

そもそもの発端はエルフの森を復活させようというのに、僅かに残った元々の森を焼き払ってしまっては本末転倒。

「だからこそ私たちは森を傷つけることなく、その中に溶け込んだエルフたちを正確に見つけ出して捕まえなければならない」

そんなことは現実的に可能なのか？

森と暮らすエルフを、森の中から暴き出すのは砂に交じった砂金を道具もなしに選《え》り分けるのに等しい。

先生やヴィールですら困難な作業に思えた。

特にヴィールなんか、速攻で飽きて森ごと吹き飛ばしそう。

「だからそのために、打ってつけの助っ人を連れてきたんだろう？」

俺の視線を受け、堂々と進み出る者がいた。

我が農場のモンスターチームを率いる二大リーダー格の一人。

ゴブリンのゴブ吉だ。

今日は彼の晴れ舞台。

「我が君のご命令とあれば、何なりと実行してみせましょう」

頼り甲斐《がい》がありそうに宣言するゴブ吉。

日頃オークボの陰に隠れて目立たない彼だが、その実力はオークボと比べても遜色ない。

むしろ、こうした細やかさや正確さが求められるミッションではオークボよりも実力を発揮する。

「オークボ殿であれば、まず確実に勢い余って木の四、五本は薙《な》ぎ倒すでしょうからな……」

ゴブ吉は苦笑気味に言った。

「エルフチームを貸し出す代わりに、ゴブ吉に働いてもらおうというわけだ！　頼むぞゴブ吉！」

「本当に大丈夫なのか？　コイツ一体だけを連れてきたってことは、私の元部下エルフたちを総動員するより、コイツ一体ですべてを解決できるっていう……!?」

エルザリエルは、いまだ知らないゴブ吉の実力に半信半疑であるらしい。

「目利きが浅いな姐《ねえ》さん、ゴブ吉の実力は私が保証しよう！」

自信たっぷりでふんぞり返るエルロン。

何故《なぜ》お前が威張り散らす？

そんなギャラリーのガヤガヤも捨て置き、ゴブ吉は無造作に歩み出す。

今や、怪物が大口開けているかのようにも見える、エルフの森へ向かって。

「待て！　そんな無造作に侵入したらすぐさま狙い撃ちに……!?」

「まーまー」

慌てるエルザリエルさんを押しとどめて、その間もゴブ吉は進むよ何処までも。

そして本格的に森の中へ入った。

俺たちからも木々が重なって邪魔になり、ゴブ吉の姿をハッキリ視認できない。

そして相手からの反応はすぐに来た。

己が領域への侵入者へ、即座に八本の矢が射かけられる。

「え？　八本？」

潜んでいるエルフは六人じゃなかったのかエルザリエルの見立てでは!?

それら八本の矢が正確にゴブ吉へ向けて飛ぶ。

このままだと間違いなく彼はたくさんの矢が刺さってハリネズミみたいになってしまうだろう。

しかし、そうはならず……。

すべての矢は、ゴブ吉の鎌によって叩《たた》き落とされた！

「ええーッ!?」

その様に観戦のエルザリエルさん、困惑。

「完全な死角から入ってきた矢もあるというのに！　それらも含めて叩き落とされた!?」

しかもエルフの矢には魔法が付与されていて、防御魔法を無効化するだけでなく多少の防具なら突破する貫通力を強化されているという。

そのすべてがゴブ吉には通じない。

「……このゴブ吉は、以前神からの祝福を与えられましてな」

ああ。

以前神集団からご馳走《ちそう》をたかられたことがあってその報酬にね。

農場の住人のたくさんが祝福持ちになってゴブ吉もその一人だったはずだ。

「狩猟の神オリオンから、たくさんの獲物を狩るための祝福を頂いた。その祝福によって得たのは予知能力」

「予知能力ッ!?」

何か見えるらしいよ？

ゴブ吉には二、三秒程度先の未来が？

その能力によってゴブ吉は敵の動きの先を読むことができる。

それで対処は完璧ということだった。

「神から授かった予知能力、そして我が君から授かったマナメタル製の草刈り鎌で打ち落とせぬ矢などない。そして……」

おっ？

俺たちの視点から見てゴブ吉が消えた。

超スピードで移動したか。

「矢の入射角から、射手のいる位置は割り出せる。キミたちは射るたび場所を変えればいいと思っているのだろうが。それより私が到達する方が速い」

「ひぃッ!?」「へぎゃッ!?」「ごへえッ!?」

一度に三つ、森に潜むエルフたちの悲鳴が聞こえた。

恐らくゴブ吉にやられたのだろうが……。

彼女らも固まって配置についていたわけじゃないだろうに、それなのにほぼ同時に悲鳴!?

「ゴブ吉のスピードをもってすれば容易いか……!?」

タケハヤ・スサノオ・ゴブリンに三段変異したゴブ吉のスピードは、音より速い。

それはこないだの農場留学生たちとの模擬戦で実証済みだった。

変異ゴブリンとして獲得した『速さ』と。

予知能力による『早さ』。

この二つを併せ持つゴブ吉の先を行ける者は、多分いない……!?

いやあ、一方的な展開になってまいりました。

森の中では無敵と謳《うた》われたエルフたちが、次々気絶させられ木から落ちてきます。

すべてゴブ吉の仕業。

攻撃する時に放たれる矢の入射角から即座に射手の居場所を割り出し、『あっ』という間に接近しては一撃で沈黙させる。

「当て身ッ」

「あふぅんッ!?」

心得たゴブ吉は、敵エルフを傷つけることなく気絶させ、優しく地面に下ろす。

それを後続の俺やエルロンやエルザリエルさんとで回収。縄に掛けて拘束する。

「おい……、あのゴブリン一体でガンガン攻め進んでいくぞ……!? アイツ一体ですべて終わるんじゃないか!?」

「そのために連れてきたのですからねえ」

相手が立てこもる森を傷つけずに、潜んでいるエルフを叩《たた》く。

その難しい注文を、ゴブ吉は難なく遂行する。

「彼の日頃の作業が功を奏しているのでしょう」

「日頃の作業って?」

「農作業」

我が農場ゴブリンたちのメイン作業。

農場の中核作業とも言えるが、住民たちの日々の糧を得るために、作物を育て、立派に最後まで育つよう日々のケアを行うのはゴブリンたちの担当だった。

毎日毎日、雑草を刈り、害虫を駆除し、作物が病気にかかってないかチェックする。

その仕事を行うのがゴブリンたちだった。

「そのリーダーのゴブ吉だからこそ、森に隠れたエルフたちだけを正確に討ち取ることができる。大事な作物を避けながら害虫や雑草を摘《つま》み取っている彼だからこそ」

「おい、エルフと害虫雑草を一緒にしたなあッ!?」

エルザリエルさんの抗議もそこそこに。

ゴブ吉によって無力化されたエルフたちはどんどん溜《た》まっていく。

この分じゃ拘束するために用意した縄の方が先に尽きてしまうから、そろそろ打ち止めにしてほしいなあ……!?

「大丈夫だ、今ツタを結って新しい縄を作っている」

「自然物での即席道具作りこそエルフの独壇場よ」

縄を結っているエルロンとエルザリエルさん。

頼りになるなあ!? あんまり感動できないけれど。

そうこうしているうちにゴブ吉のいる戦闘でも変化が起きたようだ。

「小賢《こざか》しき外人め……！」

お、なんか明らかに雰囲気の違うエルフが現れた。

というかこれまでとまったく違う。

「え？　あれもエルフなの？」

「現れたなハイエルフ……!?」

なんか偉い方ですか？

これまでのエルフが魔族同様濃い色の肌だったのに対し、今現れたハイエルフさんとやらは透き通るように白い肌。

まるで白磁か大理石のようだ。

そして髪の色は煌《きら》めくような金で、これまた通常のエルフとは違う。

唯一共通点があるとしたら、ピンと長く伸びて尖《とが》った耳ぐらいのものだった。

「……」

体つきも。

今までエルフといえば豊満な子しか出会ったことがないのに、あの白い金髪の子は何となだらかな……？

「ん？　何考えてる？」

「何でもないです……!?」

プラティがいないからと安心しきっていたらエルロンに見透かされた!?

「あれはハイエルフというエルフの上位種だ。当然普通のエルフより手強《てごわ》い」

エルザリエルさんが戦慄と共に言った。

「森の中で長く生き、その清浄なマナと空気を体内深くまで取り入れて順応させたエルフだ。魔力の基礎量や魔法の扱いも桁違いだぞ」

「あの肌や髪の色は、自然と完全一体化した証《あかし》と聞いているが……!?」

「たしかあのハイエルフは、エルフの森に残った最後の集落の長《おさ》も兼ねていたはずだ。名は、……エルエルエルエルシー」

「エルの語を四つも刻まれた名前!? そこまでの強豪だということか!?」

いや、紛《まぎ》らわしいだろ。

そんなに『エル』を繰り返して文字にしたら絶対誤表記しそう。

やめてそういうの。

「とにかく、ヤツが出てきたということは決戦を仕掛ける気だな。これ以上犠牲は出せないということか……!?」

あっち側のエルフもだいぶ拘束したからねえ。

ただでさえ滅びかけている集落だそうだし、人的損失は普通以上に堪えるだろう。

「不遜なる者どもめ、よくも我が可愛《かわい》い娘たちを害してくれたな?」

「いや、別に殺してないですけど……!?」

気絶してるだけです。

傷一つないですよ。

「この上は、真なるエルフの長たる、わらわが相手をしてくれよう。このハイエルフのエルエルエルエルシーが」

やっぱり紛らわしい……!?

対して、ゴブ吉は逸《はや》り焦りの様子もなく……?

「我が君は、アナタ方との友好な関係を望んでおられる」

紳士の対応!?

「アナタが再び我々の話を聞いてくださるのであれば今すぐ戦いをやめて会談の場を設けたい」

「そちらから攻めかけておいて何を都合のよい。みずからが侵略者であることを自覚するがよいぞ」

まずい、一言も言い返せない。

「悪はおぬしらであり、悪は敗れ去るもの。つまり敗北するのもおぬしらじゃ。そのことを今証明してやろうぞ、このハイエルフのエルエルエルエルシーの力をもって」

一瞬、彼女の金髪がフワリと舞い上がったような気がした。

それは彼女が放出する魔力が気流のように濃密になって、軽い髪の毛を吹き上げているのだった。

「ハイエルフは、森と一体になることで森そのものを操れるのじゃ。森の力はわらわの力。わらわと森は一心同体。それがエルフを超えたエルフの力と知れ！」

彼女の宣言と同時に、驚くべき現象が起こった。

俺たちのいる森の中……、森そのものを形成する木や草が、凄《すさ》まじい勢いで伸び始めたのだ。

まるで早送り映像を見ているみたいに。

それだけでは飽き足らず、伸びる草木は蛇のようにうねって動き、あのハイエルフを獣使いの主人とする猛獣のように付き従う。

「草木が……、動物のように……!?」

「驚いたか？　これがハイエルフたるわらわの魔力よ。森そのもののわらわにとって草木は手足のようなもの。おぬしらはわらわの手の内に……、体内に迷い込んだようなものなのじゃ」

なんか凄《すご》い展開だぞ。

この森自体が彼女の意思通りに動くなら、なるほどたしかに俺たちは袋のネズミになったようなもの。

全方位どころか、踏みしめている地面すら敵だ。

森を味方にするエルフ、その上位種たるハイエルフの『森を味方にする』感がここまで桁違いだとは。

「もはや謝っても許さんぞ。これらの植物に呑《の》み込まれて土中に沈み、草木の養分となるがいいわ」

「残念ながら……」

ゴブ吉が答える。

「草木で私を倒すことはできない。絶対に。理由があるので」

「ほうなんだ？　理由があるなら言ってみるがいい！　呑み込まれて消える前にな！」

ハイエルフの意思に従い、超生長した草木が大蛇のごときうねりでゴブ吉に襲い掛かる一斉に。

それはまるで草木の津波のようであったが、それがゴブ吉を呑み込むことはなかった。

その前に斬り刻まれて散ったからだ。

「なにッ⁉」

驚くハイエルフの人。

意地でも名前で呼ばないぞ！

「一体何が起こった⁉　わらわの魔力がこもった草木たちが……⁉」

「刈った」

ゴブ吉、持参の鎌かざして言う。

「我らゴブリンチームの仕事は、農地の管理。日々伸びてくる雑草を来る日も来る日も刈り続けることが使命……」

そうか、わかった！

そんなゴブ吉にとって、草木を操るハイエルフとの戦いは日常作業そのもの。

だって草を刈ることに変わりないのだから。

ゴブ吉から見てハイエルフは、これ以上ないほど手慣れた相手だった⁉

「アホかあ⁉　そんなマヌケな理由でわらわの魔法が敗れて堪《たま》るかあッ⁉……ひいいいいいッ⁉」

彼女の抗議も虚《むな》しく、幾重も重なる草木の波状攻撃を斬り裂いて、ゴブ吉が至近まで迫る。

「無駄です、この鎌は草を刈るための道具。草を制するにもっとも適した武器なのです」

「やはああああああっ!?」

ハイエルフの喉元に鎌の刃を突きつけてチェックメイト。

恐るべき森のマンハンター軍団はゴブ吉一人によって制圧されたのだった。

こうして森のエルフ制圧が完了した。

ちょっと待て。

制圧したかったんじゃない。

彼女たちとは植林作業で協力を得たかったんだろうに。

なんで血で血を洗う仁義なき抗争に発展しておるんじゃ？

「まだそんなこと言っておるのか？」

俺が困惑しつつ抗議すると、現状統括者としてエルザリエルさんがため息を漏らした。

「コイツらが強硬で話を聞かないからだろう？　コイツらは協力を拒否するどころか、妨害までしてきたのだ。叩《たた》きのめさねばだろう」

そう言って捕縛されている森エルフ集団を見やる。

簡単に制圧できたものの、ゴブ吉がいなかったら両陣営犠牲者を出して修羅場となっていた。

「おのれ侵略者め!!」

捕縛されている中で一人、まだまだ威勢のいいエルフがいた。

一番最後に捕まったハイエルフの子だった。

名前は……。嫌だ。言いたくない。

「このエルエルエルエルエルシー！　おぬしらの横暴を絶対に認めぬぞ！　森のエルフ最後の一人になっても抵抗を続けてやる!!」

「だからその名前言いにくいよ!!」

何らかの対策が必要だと俺は皆と話し合った。

「……なあ？　彼女の名前呼びにくいから、何かあだ名か略称でも付けられない？」

「エルが四つでエル４とかどうだ？」

「よし、じゃあ最後にシーがつくので彼女の略称はＬ４Ｃで」

めでたく略称が決まった。

「こらー！　神聖なる名を勝手に略すなーッ!!」

俺たちの会話に怒声で割り込むＬ４Ｃ。

彼女の反発心は遺伝子に組み込まれていると思いたくなるレベルだが、このまま話し合いができなければ本当に俺たちはただの侵略者。

最終的に解放するのは決定としても、それまでに何とか交渉して植林作業に協力してもらえるようにしなければ。

「では交渉に入るとしよう」

エルザリエルさんが言った。

「植林作業に協力すると言うまで指を一本ずつ切り落としていく」

「コラコラコラコラコラコラコラコラーッ!!」

それ交渉とは言わない!!

かなりキッツい類の拷問だよッ!!

「もっと意見を出し合う感じの話し合いにはなりませんか!? 互いの主張をすり合わせて、皆が満足できる結論を導き出しましょうよ!!」

「そう言われても、コイツらと我々の主張は完全に平行線だから……」

エルザリエルさんの瞳に完全なる諦念が宿っていた。

ちなみに現在ゴブ吉は『向こうの茂みが気になる』と言って草を刈りまくっている。

長年草を刈り続けてきた職業病か、一定以上に育った茂みを見ると居ても立ってもいられなくなるようだ。

趣味に走るゴブ吉は好きにさせておくとして。

「あの……、Ｌ４Ｃさん、俺たちの話を聞いてくれませんか?」

「だからその呼び方やめろ!」

とにかく穏便に済ませたい俺が果敢に交渉を試みる。

「俺たちは、この森に危害を加えようとしているわけじゃありません。むしろ助けようとしているんです」

痩せ枯れて僅かな範囲にまで縮小してしまったエルフの森を、再び大きくする。

そのための植林作業だ。

「地元の森エルフさんたちにも協力を……、せめて妨害しないで見守ってほしいんですが……?」

「フン、知ったふうな口を……。おぬしたちは森の何たるかをわかっておらんのじゃ」

Ｌ４Ｃさんは、俺に対してアホを見下すような視線だった。

「……よいか？　森とは自然の賜物《たまもの》じゃ。自然のままに湧き、萌《も》え出でて、繁栄し、枯れ尽きる。そのことに意味がある」

「ううぅ……!?」

「なのにそれらの営みを人の手で管理しようなど何たる傲慢。おぬしらの言う『しょくりん』とはそういうものであろう。自然と共にあって自然に活《い》かされてきた我らには到底受け入れられぬ！」

いや……、まあそう言われればそうなのかもしれないのですが。

そう言われたら農作業自体も自然の理に反する行いなのかもしれないし……、さすれば自然主義のエルフと他の種族は相いれないということなのだろうか？

「こうなれば……！」

俺も諦めかけたその時、救世主が現れた。

「私がなんとかするしかなさそうだな」

「え、エルロン!?」

我が農場在住エルフの代表格!?

今まで『コイツなんで連れてこられたの？』感が非常に強かった彼女が、ここに来てついに出番!?

「聖者、姐《ねえ》さん、私に任せてくれないか？　きっとエルフの長《おさ》を納得させてみせる」

「うん……!?」「まあ……!?」

謎の自信に、俺もエルザリエルさんも圧倒されるばかりだった。

そしてエルロン、Ｌ４Ｃさんの前に跪《ひざまず》く。

「……なんじゃ？　おぬしも森を捨てて外に出たエルフか？　森から離れたおぬしらにエルフの資格はないぞ!?」

「Ｌ４Ｃ様。生き抜くために頑《かたく》なになったアナタに、どんな言葉も通じますまい。だから私は何も語らない。その代わりに、これを見ていただきたい」

「なぬ？」

エルロン、背中に括《くく》りつけた風呂敷包みを下ろして、包みを開く。

『そういやそんなの持ち込んでたな何なんだアレ？』とも思ったが、開かれた包みの中身は……!?

皿だった。

「これは……!?」

え？　なんで？

何故《なぜ》皿？

このタイミングで？

「何やってんだあのアホは？」

姉貴分のエルザリエルさんも呆《あき》れ顔だ!?

ただ一人……、当のＬ４Ｃさんだけは……。

「なんと素晴らしい皿……!?」

えぇぇ……!?

「この皿……、おぬしが作ったのか?」

「はい」

エルロンが我が農場で担当している作業は、陶器作り。

食器類を始めとして壺《つぼ》や甕《かめ》など、生活に必要な道具を拵《こしら》えている。

あの皿も、エルロン製の陶器の一つなのだろうが……。

エルロンの差し出した皿は、ただの皿ではなく何と言うか……前衛的だった。

普通の皿なら当然のように円形だが、エルロン製のその皿は円を基調にしていながら相当な歪《ゆが》みがあって波打つようだ。

しかも色も、抹茶のような濃い緑に着色してあった。

それがL4Cさんの目を奪っている、何故《なぜ》?

「この皿の色……? まるで苔生《こけむ》すかのように濃厚な緑? それが均一ではなく波打つように濃淡のむらがあり、まさに岩に生す苔のようではないか……?」

「この緑釉《りょくゆう》は、葉や苔のような自然の緑に限りなく近づきますよう何度も実験を重ねました。おかげで清潔感を保ちつつ、自然を充分に実感できる出来となりました」

「さらに皿の形も……。真円ではなく歪んでいる。でもその歪《いびつ》さが木や石と同じ風情を醸し出す。自然の中にならどこにでもあるもののような……」

なんかL４Cさんが絶賛しておられる。

俺にはただの皿にしか見えないんだけれども。

「ハイエルフのアナタにならご理解いただけると持参いたしました。この皿に自然の美を込めるため、私は血の滲《にじ》む苦労をいたしました」

とエルロン。

「アイツ今そんなことに心血注いでるのか？　アホだな？」

「ドワーフのエドワードさんと熱い芸術論を戦わせてるぐらいだから……!?」

「アホだな」

エルザリエルさん容赦ない。

だがどうしたことか、あの皿にL４Cさんの視線は釘付《くぎづ》けになっている？

「L４C様は仰《おつしや》りました『人の手が加わったものなど自然ではない』と。そうかもしれません。しかし私は、人の手で自然の美を再現しようと、この皿を作り出したのです！」

そんな壮大なコンセプトが？

「もちろん簡単なことではなく、何度も挫折し失敗いたしました。しかしその甲斐《かい》あって、この皿を完成させることができました。まだ究極には程遠いですが、自然の美を込められたと思います。人の手で作り出された器物に」

「うむ……、ううむ……!?」

L４Cさんがなんか唸《うな》っとる!?

もしや効いてるの!?　このわけのわからない説得!?

「人の手を経たものに、自然の美が宿らないことはないのです。そもそも人類だって自然から生まれたものの一つ。それが自然と切り離されるなどありません！」

「つまり、人の手で植えられた木も、自然の森の一部になりえるということじゃな？」

「御慧眼《けいがん》……！」

「ハイエルフのわらわにものを教えるとは、生意気な小娘じゃ」

L4Cさんは、エルロンの歪《ゆが》み皿を手に立ち上がった。

「よかろう、森に棲《す》むエルフは、植林作業とやらに協力してやる」

「「承諾したあああっ!?」」

俺とエルザリエルさん、まさかの説得成功に心から驚愕《きょうがく》。

「わらわも視野が狭かったようじゃの。たしかに人も自然の一部。自然が自然を生み出すように、人の手からも自然が生まれる。この皿のように……」

俺にはまだ理解できない世界だった。

隣で呆然《ぼうぜん》と立ち尽くすエルザリエルさんにも。

「私も、あと百年ぐらい生きなきゃ理解できないのか？　その感覚……？」

え？　百年って、どういう……？

あのハイエルフさん二百歳なの!?　ロリババアというヤツじゃないですか!?

こうして様々な驚きと共に問題は解決し、エルフの森植林事業は再び進み出した。

ちなみにゴブ吉は交渉中もせっせと草を刈り続け、森の奥にあるエルフ集落と森の外とを繋《つな》ぐ整備された一本道を作り上げていた。

「これで行き来するのに便利ですぞー」

「ぎゃあああああッ!?　幽玄なるエルフの隠れ里に何してくれとんじゃ、このゴブリンはあああッ!?」

エルフさんたちにとってゴブ吉は天敵のようだった。

新米皇帝発展記その一

おれの名はアードヘッグ。

新たなガイザードラゴンに選ばれた男。

……いや、半ば押し付けられ気味だったんだけども。

先代ガイザードラゴンであった父上を滅ぼし、その功により後継者に擁立されてしまった……。

実力的にはアレキサンダー兄上やヴィール姉上のような格上がいるというのに。

二人とも称号に興味ないから……。

そんなわけで誰かがやらなきゃいけないいなら、おれがガイザードラゴンを務めねばなるまい。

ドラゴンの新しい時代。

竜が人類始め様々な種族と融和していく時代の先駆けとなりたい。

このおれが、皇帝竜として。

そんなわけで即位したおれが最初に行わなければいけないのは居城作り。

本拠がなければ皇帝竜も示しがつかないからな。

＊　　＊　　＊

そこでやってきたのが龍帝城《りゅうてい》跡。

おれの前にガイザードラゴンであった父上が根城としていた極大ダンジョンだ。

しかしそこは今、ただの更地と化していた。

『うわー……』

おれ、あまりの荒涼ぶりに立ち尽くす。

何もない。

ただ土が剝《む》き出しの平地あるのみ。

世界唯一にして最大規模の城郭型ダンジョン龍帝城。

かつてここにあったはずなのに、見上げるような威容で聳《そび》え立っていたはずなのに。

影も形もなくなっていた。

何故《なぜ》!?

『いや……、そうじゃないかなって気はしてたんだけど……!?』

心当たりはあった。

城郭型ダンジョン龍帝城は、ガイザードラゴンたる父上の放つマナによって実体化していたダンジョンだ。

通常地形によって世界中を対流するマナに淀《よど》みが生まれ、淀んで高濃度化したマナが空間を歪《ゆが》めて生み出されるのがダンジョン。

しかし、雄大なる自然の作用でしか生み出されないはずのダンジョンを、一個の生命が放出するマナの濃度で生み出す。

それができる唯一の存在がガイザードラゴンだった。

父上は、ご自分から噴出されるマナで時空を歪め、実体化させて、巨城を作り上げていたのだ。

だからこそ父上を倒すことによって龍帝城は消滅した。

原因が消えれば、結果も消え去るのは道理。

そんなわけで今の龍帝城跡地は、虚《むな》しいばかりの荒野になってしまっていた。

『城に鎮座して、皇帝気分を演出しようと思ったのに……!?』

皇帝の称号を得たドラゴンである。

やっぱりそれなりに豪華な巣に住まわなければ示しがつかない。

父上からガイザードラゴンの称号を引き継いだのだから、居城も引き継ごうと考えていたのに……!?　その居城が霞《かすみ》のように消え去っていたとは……!?

『何を当たり前のことに呆然《ぼうぜん》としている?』

『うわッ!?　父上!?』

突然背後から話しかけられたので振り返ったら、そこに豆粒みたいな小竜がいた。

この小竜こそ先代ガイザードラゴンのアル・ゴール父上であった。

おれやアロワナ殿たちから袋叩《ふくろだた》きに遭って敗北した父上は、かつての万能を失い、こんな小さくなってしまったという。

『父上、いつの間にこちらへ?　聖者の農場に残ったものとばかり……!?』

『おれもあそこで食っちゃ寝生活を満喫しようと思っていたのだが、聖者のヤツが「働け」などと言いだしてきてな。働きたくないから逃げてきた』

『働きなさいよ……!?』

『くそ聖者の偏狭め。ヴィールのヤツが実質食っちゃ寝しているのに何故《なぜ》おれは働かなくてはならんのだ？』

ヴィール姉上が既にいるから、それ以上特例を作りたくないんでは？

それでおれのところに逃げてきたと？

『何故よりにもよって、おれのところへ……!?』

『そりゃお前が次のガイザードラゴンなんだからな、先代のおれを敬ってくれるだろう』

勝手なこと言ってんなこの竜。

まあ一度は滅び去って、こんなに矮小《わいしょう》な存在と成り下がってしまった父竜を、さらに潰そうという気も起きないから……。

現状このままでいいか。

『おれを頼って来てくださったのは光栄ですが、しかし今のおれに他をかまう余裕などありませんよ？』

『ほう？』

『自分のダンジョンも持たない家なし竜から突然ガイザードラゴンに伸《の》し上がってしまいましたからな。新居を探し出すのが当面の問題です』

アテにしていた龍帝城は、ご覧の通り霧散してしまったし……。

皇帝竜が家なき子では示しがつかん。

『何を言っているお前？　家がなければ作ればいいではないか？』

『はあ？』

『お前は……、自分がどれほど超越存在になったのか理解できてないな。いいか？　お前はガイザードラゴンとなったのだぞ？』

はい。

だから苦労しているのではないですか。

『ならお前の力で新しい龍帝城を発生させればいいではないか』

『え？』

いやいや、待ってくださいよ。

特にマナ淀みができないような地形にダンジョンを発生させるなんて、並大抵のマナ濃度では不可能。

『そんな高濃度高出力のマナを放出できる一個の生命体といえば、それこそガイザードラゴン以外にいないでしょう』

『だからお前が今そのガイザードラゴンではないか』

そういやそうでした。

『お前が受け継いだのはガイザードラゴンの名前だけではないこと、既にわかっているはずだ。

「龍玉《りゅうぎょく》」をその身に埋め込まれたお前は、宿す力もガイザードラゴンなのだよ』

言われてみれば……。

過去のブラッディマリー姉上との戦いでも、おれが発揮したパワーは以前とは比べられないぐらいに強かった。

……いや、戦ったのはほとんどヴィール姉上だった気もするけど……。

とにかく自分でもビックリするぐらいに自分が強かった。

『あれもガイザードラゴンとなったから。「龍玉」を受け継いだからだと？』

『試しにマナを放出してみるといい。お前好みの龍帝城が生まれることだろうぞ？』

……いまだ半信半疑だが。

父上の勧めに従ってみるか……？

マナ放出！

ふぉおおおおおお――――――ッ！

……。

……おッ？

なんか本当に実体化し始めてきた。

おれのイメージを形にした、おれの龍帝城が……！

『これがおれの城……!?』

かつて父上の龍帝城があった地に、おれの新しい龍帝城が築かれる。

おれが新たな皇帝竜として君臨し、その威光を知らしめるための城が……。

完成したけど……？

『なんだこれはあああ――――ッ!?』

全然城じゃなかった。

というか建物ですらない。

なんだかよくわからない素材で盛り上がった山みたいになっている。

『イメージが足りんのだ未熟者』

小竜姿の父上から窘《たしな》められる。

『もっと明確なイメージの下に実体化させねばちゃんとした龍帝城はできない。お前はまだまだ足りないものが色々ありそうだな。膨大な竜力だけでガイザードラゴンは名乗れない』

父上そんな。

まるで立派な先輩みたいな口ぶりで？

『引き継いだ力だけでなく、もっと多くを蓄積しなければ本物になれないということだ。真のガイザードラゴンにな。どうやら鍛え甲斐《がい》がありそうだ』

『何をやる気なんです!?』

『お前の治世は大変だぞ？　何しろガイザードラゴンでないのにガイザードラゴン級の力を持ったヤツがたくさんいるのだから。アレキサンダー、ブラッディマリー、あとヴィール。早くアイツらと同じラインに立たなければな』

『あの方たちと同列になる必要があるんですか!?』

『ガイザードラゴンになるなら当たり前だろう。さあまずはヤツらに負けないイメージ力の構築だ！　巨大にて緻密な龍帝城のイメージを練り上げるのだぞ！』

『やめてえええええッ!?』

何か知らんが、一度は倒した父上から皇帝竜のレクチャーを受けることになったおれだった。

皇帝竜ガイザードラゴンとして過ごすのは、思った通りに大変だ。

新米皇帝発展記その二

| Let's buy the land and cultivate in different world |

引き続きガイザードラゴンのアードヘッグだ。

……。

いや、ガイザードラゴンじゃないかもしれない。

自信なくなってきた。

だって父上から『やれ』と言われたことが何度やってもできないんだもの。

『はー、頑張ったな。たくさんたくさん頑張ったな……』

『……』

『で、そのたくさん頑張った結果できたのが、この掘っ立て小屋か?』

父上。

その失望がありありと滲み出た口調やめてください。

おれの放出したマナが実体化して構成された、新・龍帝城。

それは小さかった。

本当に小さかった。

人類たちの基準で言うところの小屋。

中身は一室しかない。

放出マナは充分足りている。

『龍玉《りゅうぎょく》』を得たおれのパワーは、それだけで間違いなく全盛期の父上に匹敵する。

足りないのはイメージだ。

頭の中で明確に実体化させる城郭の形が出来上がってないから、ちゃんとしたものを作れない。

おれのお粗末な思考力で賄えるのがせいぜいこの小屋程度の規模ということだった。

『父上……、やっぱりおれにはガイザードラゴンなど無理なのです。今すぐアレキサンダー兄上と交代しましょう……!』

『ま……!?　まあそう落ち込むなよ？　誰でも最初はこんなものだって？』

父上の口調があからさまに優しくなった……!?

気を使わせてるとわかって、むしろしんどい……!!

『特にお前は、自分のダンジョンを持ってない段階からいきなりガイザードラゴンになったんだ。ダンジョン構成にも詳しくないし、イメージの材料になる知識が足りないだけなんだって、な？』

父上が不気味なくらい優しい……!!

益々《ますます》惨めな気分に。

『…………』

落ち込むおれを見兼ねてか、父上がしょうがない顔つきになった。

『……別の話をするか』

『はい？』

『これからドラゴンの時代は大きく変わる。何故《なぜ》かわかるか？』

それは……。

ガイザードラゴンが父上からおれに代替わりしたからじゃなく、ドラゴンを生み出した祖神ガイアの手でドラゴンの在り方が変わったからでしょう？

と答えると父上は満足げに頷《うなず》く。

『そうだ、ガイザードラゴンの在り方も、おれの代とお前の代とでは随分変わってくるだろう。……そしてドラゴンは元来奔放で自由だ』

ええ、それは……。

自分たちのことですし。

自由奔放ですよねドラゴン。

『強者ゆえに許された自由。生物として最強の座に位置し、天敵がいないからこそドラゴンは何者にも縛られない。自由とはつまりドラゴンの誇りだ。誇り高いドラゴンほど自由奔放なのだ』

さらに父上は続ける。

『だからこそおれはアレキサンダーが嫌いだった。ドラゴンの中でも飛び抜けた強さを持ちながら人類ごとき弱者に肩入れし、助ける。それは自分で自分を縛る行為だ。強者にとって、これほど誇りのない行為はないと』

だから父上は、アレキサンダー兄上を認めなかった。

息子や娘のドラゴンから力を奪ってまでアレキサンダー兄上に対抗しようとした。

『その結果が、お前ごとき伏兵にやられる始末だがな。結局おれこそ、ドラゴンの誇りの礎。自由の根拠となる強さを失った誇りなきドラゴンだったのだ……』

なんか自嘲的な父上。

『話が逸《そ》れたな』と言い直す。

『しかしそんなドラゴンの在り方も、変わる。万象母神ガイアがそう決めたからだ。アードヘッグ、お前はアレキサンダーと同様人類に肩入れするドラゴンだ。珍しいドラゴンと言っていい』

『それは、まあ……』

でもおれがそうなったのは父上のせいでもあるでしょう？

『英雄にあらざる王』もしくは『王にあらざる英雄』を見つけてくること。

それが当初、父上がおれに与えた試練だったのだから。

この試練を達成するためにも、おれは人類を観察せざるをえなかった。

試練の内容になっているだけに『英雄とは何か？』『王とは何か？』も考えながら見詰めなければならなかった人類を。

そのお陰でアロワナ殿と出会い、より深く人類の持ち味を噛《か》み締められたのだが。

『新しい時代を迎え、ガイザードラゴンもこれまでとは違う方がいいのかもしれん。お前のように下等種族との融和を図るようなドラゴンが。まあその点でもアレキサンダーが適格だろうが、ヤツ自身にその気がないのだ。ならばお前がやるしかなかろう』

父上……！

本当に自由奔放で何も考えてないドラゴンとばかり思っていましたが、そこまで深い見識があるとは……！

『さすが父上、いいことを言うではありませんの』

『うひゃあ!?　はあビックリした!?　誰!?』

突然背後から声を掛けられたので、おれも父上もビックリして振り向く。

するとそこにいたのは漆黒のメスドラゴン。

これは……ッ!?

『ブラッディマリー姉上ッ!?』

グラウグリンツェルドラゴンの!?

かつては次期ガイザードラゴン最有力候補と呼ばれていた強豪竜が何故ここに!?

『あら、わたしがここへ来たらいけないかしら？』

いけないってことはありませんが……!?

来る必然性もないというか？

『新たなガイザードラゴンとなったアナタが、どんな龍帝城を建てたか見物に来たのよ。仮にもわたしたちの新たな王者となる竜だもの。その振る舞いはしっかり確認しないとね？』

と言って、おれの粗末な作品一号を見やる姉上。

『なんなのこれは!?　こんな粗末な掘っ立て小屋をよく城と呼べたものね!?　やっぱりドサクサ紛《まぎ》れでガイザードラゴンになった者の程度が知れるわ！』

嘲笑《あざわら》う姉上。

おれは意気消沈した。

『アナタをこのままにしてはガイザードラゴンの威名も地に堕《お》ちることでしょう。仕方ないからわたしが指導して……、ん？』

……なんですか姉上、おれを嘲笑しに来たんですか？

我が身の惨めさなど自分が一番わかってますよ。放っておいてください。

『きゃあああッ!?　何ガチで落ち込んでるのよッ!?』

『あーあ、せっかく持ち直したのに……！』

父上が呆《あき》れていた。

『マリー？　マジで何しに来たの？　ガイザードラゴンになれなかった腹いせに、せめて嫌みでも言いに来たのか？　それ父さんドラゴンとして感心しないなあ？』

『そんなつもりはありませんわよ父上！　わたしはただ、この不調法者がガイザードラゴンとしてしっかりしているか様子を……！』

『そんなこと言って……。あ！　もしかしてアレキサンダーやヴィールがいないところでならコイツを倒してガイザードラゴンの座を奪い取れると!?　汚いマリーちゃんさすが汚い！』

『やめてくださいいいいいッ！　変な言いがかりはやめてくださいッ!!』

ヒトが真剣に落ち込んでるというのに傍《そば》で煩《うるさ》いなあ。

『マリー姉上。いくらガイザードラゴンに執着があると言っても、そんな姑息《こそく》な手口はどうかと思いますぞ？』

『アナタも余計なところばかり拾ってるんじゃないわよッ!?』

何故かおれが怒られた。

どうして？

そんな混乱した状況の中で、さらなる混乱の元が投入される。

『いるかーッ!?　いるかアードヘッグとやらーッ!?』

天空から降り注ぐかのような喧《やかま》しい声。

何事かと見上げたら、上空に一体のドラゴンが飛翔《ひしょう》しているではないか。

うーん、見覚えない。

『おれはグリンツドラゴンのマゴニーッ!!　お前が汚い手を使いガイザードラゴンを盗み取ったと聞いた！　ガイザードラゴンになるのはおれだ！　卑劣なお前を倒し、ガイザードラゴンの称号を真に持つべきおれの手に握る!!』

彼もガイザードラゴンになるために後継者争いに参加していたクチか。

『想像以上に噂《うわさ》が広がっている……!?』

『アレキサンダーのヤツが言い触らしたっぽいからな。これからあの手の挑戦者がドシドシやってくるんじゃないか？』

父上の言葉に、おれは益々げんなりとした。

そんな骨肉の争いの中心に、この身を置かねばならないのか否応《いやおう》なく？

『どうしたアードヘッグとやら!? このマゴニー様に怖気《おじけ》づいたか!? 所詮は卑怯《ひきょう》者、せこい手段で勝利したドラゴンにあるまじき小物よ! 命が惜しくばすぐさまこのおれに譲位……、……うえッ!?』

上空にいる彼が好き放題述べている最中だった。

彼は演説を中断させられた。

苛烈な一撃を、その身に受けたからだ。

『おごべえッ!? なんだ今の漆黒の竜魔力は!?……はあッ!? ブラッディマリー姉上ッ!?』

あれ、いつの間にかマリー姉上が急上昇し、マゴニーとかいう我が兄弟を一方的にボコボコにしているではないか?

『誰が卑怯者だと? 誰が小物だと?……お前、このブラッディマリーの前で言ってはいけないことを言ったな?』

『ちょ! ちょっと待ってくださいマリー姉上!? おれが罵ったのはアードヘッグとかいうコソ泥ドラゴンで……!?』

『コソ泥だとぅ! いいか覚えておけ! アードヘッグへの侮辱はわたしへの侮辱! その非礼を血を吐いて償え!!……直下式ダークネス・ミーティア!!』

『ほぎぇえええええええッ!?』

無慈悲。

全ドラゴン中第二位と呼ばれたブラッディマリー姉上本気の猛攻で、攻め寄せてきたドラゴンは瞬く間にボコボコにされてしまうのだった。
……おれへの悪口にあんなに怒って、制裁までしてくれるなんて。
実はブラッディマリー姉上って、よい人？　いやよい竜？
竜は見かけによらないものだなあ……。

　こうしておれを脅かしに来たドラゴンは、何故《なぜ》かブラッディマリー姉上にボコボコにされて逃げ帰っていきました。

『……はッ、あの程度の実力でガイザードラゴンの座を狙おうなど身の程知らずもいいところだわ』

　呆《あき》れ交じりに戻ってくるマリー姉上。

　怖い。

『いいこと！　アードヘッグ!!』

『はいぃッ!?』

『あんなカス竜ごときが調子に乗って攻め寄せてくるのも、元はといえばアナタが不甲斐《ふがい》ないせいなのよ！』

　ズバリ言われて反論もできない。

『つまり、アナタがガイザードラゴンと認められていないのが問題なの！　正当な手続きで後継者になったわけじゃないから。実力で自分がガイザードラゴンに相応《ふさわ》しいと証明しなければならないのよ！』

『はい……！　はい、その通りです！』

マリー姉上の言うことはいちいちもっともなので、おれも頷《うなず》く他なかった。

『なのにアナタは弱腰で！　そんなだから今来たようなアホ竜に舐《な》められるのよ！』

『は……！　何というかまことに、すみません……！』

『どうやらアナタには、ガイザードラゴンとなるに足りないものがたくさんあるようね。力さえあれば皇帝ではないのよ！』

――『その話さっきおれがしてたんだけどなあ……』と隣で父上が呟《つぶや》く。

『こうなったら……わたしが一肌脱ぐしかなさそうね』

『はん？』

『わたしがアナタを鍛えてあげるわ。心身ともにガイザードラゴンに相応しき竜となるように』

『えええええええッ!?』

なんでそうなるんです!?

マリー姉上のことだから、てっきり『不甲斐ないアナタに代わって、やっぱりわたしがガイザードラゴンになりましょう』ぐらい言うと思ったのに!?

『何を言うの!?　不甲斐ない雄を叩《たた》き上げて頂点につかせるのは妻の義務よ!!』

『つま？』

『なんでもないわ！』

なんですか？

『とにかく、アナタが立派なガイザードラゴンとなれるようビシバシ鍛えていきますからね！　覚悟なさい！』

なんかそういうことになった。

＊　＊　＊

何故か始まったマリー姉上による教導。

おれのことを真っ当なガイザードラゴンらしく仕立て上げてくれるらしい。

偉そうな話だがブラッディマリー姉上ならば言う資格がある。

彼女はアレキサンダー兄上に続く第二位の最強ドラゴン。かつては次期ガイザードラゴン最有力候補だったのだから。

やる気のないアレキサンダー兄上とは違い、ガイザードラゴンの何たるかを知る雌竜と言えるだろう。

おれは素直に正座などしてマリー姉上の講義を拝聴する。

そして父上は脇で昼寝に興じている。

『いいこと？　ガイザードラゴンとして今アナタにもっとも足りないのは、威厳よ！』

『威厳？』

『ガイザードラゴンは最強。誰よりも強い。そんな最強者は誰にも傅《かしず》かない、誰にも気を配らない。誰に対しても自由気ままに振る舞うのがガイザードラゴンのあるべき姿なのよ！』

自由気まま。

それはさっき言っていた父上の言葉に合致するが。

『それなのにアナタときたら！　誰に対しても腰が低くて丁寧で！　それが王者の態度だと言えるの!?　どっちかと言うと従者みたいじゃない!!』

ふむ？　言われてみれば？

でも、この世に存在を開始した時からずっとこういう物腰でいたからなあ。

『そんなに腰低いですかねえ、おれ？』

『低いわ！　そもそも「です」「ます」とか言いながらなんで腰低くないと思えるの!?』

そうか？

しかし、礼儀ある対応が大事だというのは仲間との旅で学んだ大事なことの一つ。

今さら変えろと言われてもなあ。

『皇帝竜ともなれば尊大に、傲慢に振る舞わねばなりません！　敬語なんてもっての外!!』

『はあ……？』

『では実践してみなさい。このわたしに対して王者の態度で接するのよ！』

そんなこと言われても。

どうしていいのかわからない。

『そうね……？　まず試しに、わたしのことを呼び捨てにしてみなさい？』

『呼び捨てですか？』

『アナタはわたしのことを「姉上」と呼ぶでしょう？　竜の皇帝に姉も兄もないわ！　すべてのドラゴンはアナタより下！　呼び捨てにすることこそ相応しい！』

正論かもしれない。

下手に逆らうとまたいびられそうなので素直に従うことにした。

その論法自体ガイザードラゴンらしくないけれど。

『………………ま、マリー？』

『……ッ♥♥』

呼ばれた途端、姉上は硬直した。

なんで？

まさか呼び捨てにされて侮辱と感じた？　自分で呼ばせておいてそれは理不尽でしょう？

『……い、いいわ』

『いいんですか!?』

『敬語になってる！　言ったでしょうガイザードラゴンから見て、すべてのドラゴンは下位存在にすぎないのよ！　下僕とか奴隷のようなものよ！』

『は、はい……!!……いや、おう!?』

『それはこのわたしだって同様！　かつてグラウグリンツェルドラゴンとして栄華を誇ったわたしでも、アナタには逆らえないの！　絶対服従なのよ!!』

とてもそうは見えないのですが？

『わたしから見てアナタは主、逆らえないマスター！　わたしはアナタに屈服して、どんな命令にも逆らえない。命じられれば従わなければいけない！』

『さすがに言いすぎでは……？』

『そんなことないわ！　わたしはアナタに所有されてるのよ！』

そんなこと力いっぱい主張しなくてもよかろうに。

いや強く言って、おれにガイザードラゴンとしての心構えを固めさせようというのだな。

さすがマリー姉上。

『じゃあ引き続き練習よ。ガイザードラゴンらしく振る舞うための』

『はい……!?』

『さっき言った通り、自分以外のすべてのドラゴンを見下すのがガイザードラゴンよ。それらしくわたしのことも見下してみなさい』

『そう言われても、一体どうすれば見下すことになるのか……!?』

『仕方ない子ね。さっきまでわたしが言ったことを思い出して、答えを捻《ひね》り出してみなさい』

マリー姉上……、いやマリーに言われたことをか？

思い出してみると……。
1．名前は呼び捨て。
2．敬語は使わない。
3．相手は自分の所有物。

これら総合して、相手をすっごく見下す物言いを自分なりに考え出してみた。

『マリー、お前はおれのものだ』

『〜〜〜〜〜〜〜〜〜〜〜ッッッッ!?!?!?!?!?』

姉上ぇ!?

言われた途端、身悶《みもだ》えしだしたぞ姉上!?

どうしたんです!? そんなに屈辱的だったんですか!? おれのものだと言われることが!?

そんな悶えるほどに!?

『大丈夫よ……! いい、凄《すご》くいいわ! その調子よ!』

『よかったんですか!?……いや、よかったのか?』

『さらに踏み込むわよ! 今の言葉をもう一回、さらに強い意味を込めて言ってみて!』

『強い意味!?』

『なんでもいいわ! もっと際どくできるはずよアナタなら!』

難しい注文だ。

……こんな風か?

『マリー、お前は永遠におれのものだ。二度と放さないぞ』

『♥♥♥♥♥♥♥♥♥』

姉上ええぇッ!?

なんで上空に向けてダークネス・ミーティアを放つんですか!?

それはアナタの最終奥義でしょう!?

暗黒竜気で形成された無数の弾幕を放つ技。そのうち一発でも人類の街を跡形もなく吹き飛ばす威力があるというのに!!

無闇やたらに乱射しないで!

『大丈夫か!? 流れ弾でどこか殲滅《せんめつ》してないよな……!?』

『こうでもしないと胸からこみ上げる何かを抑えられなかったのよ……!』

何かって何!?

そこまで屈辱に心荒れ狂っているということですか!?

『姉上、そろそろやめましょう。この訓練はアナタへの負担が大きすぎるようです』

『何を言ってるの!? これからじゃないの!?』

何がこれからなんです?

『次は、言葉だけでなく行動で、わたしがアナタのものであることを示すのよ。わたしがアナタのものであるということを!!』

『行動って、どうすればいいんです……!?』

マリー姉上が鬼気迫ってて怖い……!

『そうね、蹴ったり殴ったりすればいいのじゃないかしら?』

『殴る蹴る!?』

何故そんな発想に!?

『すべての生物の摂理よ。勝者は敗者の下にあるの。わたしをズタボロにして踏みつけることで上下関係をハッキリさせるのよ！』

『マリーはマゾなの？』

さすがに父上が昼寝から起きてツッコミを入れた。

そしておれ自身は。

『拒否します』

『え？』

『それだけは断固として拒みます。他者をいたずらに傷つけることなど愚かで醜い行為だ』

それはアロワナ殿たちと共に過ごした旅で学んだこと。

ニンゲンは互いを尊重しあい、尊敬しあうから、脆弱《ぜいじゃく》であっても強靭《きょうじん》な生命なのだ。

『強いからといって意味なく他者を傷つけることなどドラゴンでも許されない。おれがガイザードラゴンとなったからには、そういう時代にしていく』

『……!?』

『だから姉上自身が望もうと、おれはアナタを傷つけない。アナタはおれにとって大切な存在だから』

『大切な存在……!?』

こんな未熟なおれに付いて指導してくださるのだから。

得難き味方を無下にはできない。

『なんて優しい心根……!?　それに大切な存在だなんて……!?』

なんか姉上の瞳が潤んでいる？

やはり怒っているのか!?

かもしれない。おれの主張はどちらかと言えば人類の価値観に近く、生粋のドラゴンである姉上には到底受け入れがたいだろう。

どうすれば心を鎮めてくださるだろうか……!?

そうだ。

『せめてこれで……』

『きゃあッ!?』

おれはマリー姉上を抱きしめた。

アロワナ殿やその友人である魔王が言っていたのだ。

人類の間ではハグが友好の証明であり、試合のあとも抱き合うことで勝ち負けを超えて絆《きずな》を確かめ合うと。

せめてその行為で姉上にも友好の意を伝えられれば……？

『そんな、大胆!?　大胆すぎるうううううッ!?』

『姉上？　姉上えええええッ!?』

姉上は気を鎮めるどころか失神してしまった!?

なんで!?

『父上助けてください！　これは一体どういうことなのでしょう!?』

『放っておきなさい。どうせすぐに起きるだろうから』

傍《そば》で見守るアル・ゴール父上が呆《あき》れ顔で言った。

『地上にドラゴンを殺す手段はないと思っていたが、唯一あったようだな。幸福すぎて死ぬという
……！』

『何なんです!?』

こうして、おれは父上と姉上の指導の下、一人前のガイザードラゴンとなる修行を続けていくのだった。

その道のりは、遠い。

天使試験

| let's buy the land and cultivate in different world |

俺です。

今日は変わったお客様をお招きしております。

いや、勝手に押しかけてきたというべきか……。

知恵の神ヘルメス。

天界の所属では珍しい、我が農場へ定期的な訪問をする神だ。

地の神や海の神はホント皆よく来やがるんだけれど。

で、そのヘルメス神が今日は何の用ぞな？　と尋ねてみれば……。

『いや、悪いねえ聖者くん。いきなりお邪魔しちゃって……』

と我が農場謹製の粕漬(かすづ)けを喰(く)らいながら言う。

『とても重要な儀式を行うのでね。天界でやってもよかったんだけど、キミやパッファくんにも同席してもらった方が判断が捗(はかど)ると思ってね』

判断？

何か判断させられるんですか？

まさか世界の命運を左右するような判断とかじゃないでしょうね？　『人は悪か否か』とか？

天の神は、そういうの安易に結論出してカタストロフしそうだから怖い。

あとパッファも参列？

人魚族で六魔女の一人の、人魚国の王子アロワナさんと婚約しているパッファに何用？

天の神との接点なんてないと思ってたけど？

『いや、やっぱあの子と一緒に旅してきた彼女の意見も聞きたくてね。っていうか当の本人はまだ来てないんだけど……』


？


一体何です？

誰が来ると言うんです？

益々訝《ますますいぶか》っていたら、どこぞから聞こえてくる轟音《ごうおん》。

空気を斬り裂くような高い音で、こちらに近づいているようにも聞こえる。

ドップラー効果で高音に聞こえているのだろう。

音は近づくほどに高さと大きさを増し、俺たちの頭上でやんだ。

そしてフワッと降りてきた。

「へへへーい、おひさー」

「ソンゴクフォンじゃないか」

天使の女の子。

数千年前に破壊されたのを俺が修理して復活させたのがソンゴクフォン。

今の時代、現存している天使はウチにいるホルコスフォンとソンゴクフォンの二人だけ。

もう一人の方のホルコスフォンに比べると小柄で体つきもなだらか。

幼い少女の印象がある天使だ。

「なんすかーちょっと？　こっちゃマジ忙しぃーんすけどー？ってか、あーしを呼びつけるとかマジ何様っすかぁー？」

『神様かな？』

喋《しゃべ》り方が何やら珍妙だが。

察するに今日のメインはソンゴクフォンか？

だとしたらパッファが臨席するのも納得かな。パッファは一時期ソンゴクフォンと共に地上を旅して回っていたことがあるからな。

その関係か？

「……そう言えばソンゴクフォンは、旅が終わってからどうしてたの？」

「特に何も言われてなかったんでぇー、あちこち気ままに飛び回ってたっすぅー」

へぇー……。

道理で農場で見かけなかったわけだ。

「最近もぉー、アレキの旦那のダンジョンにお呼ばれして中ボスしてたっすよー。無双してマジ爽快っすわー」

「そんな血も涙もないことを……」

かつて世界を文字通り破壊しかけた神の兵器が中ボス……。

ラスボスでも不足はないというのに……。

『でもまあ、このまま放置ってわけにもいかないと思ってね』

ヘルメス神が言う。

『思い出してもみなさい。何故《なぜ》私が、アロワナ王子の旅にソンゴクフォンを同行させたか？』

「俺は何も聞いてないけど？」

そもそもソンゴクフォンを旅に出させたこと自体けっこう後になって聞いた俺だし。

どうしてソンゴクフォンは、アロワナ王子たちに同行したんだっけ？

『常識を身につけさせるためだよ！　天使みたいに壮絶なパワーを持った存在が真っ当な判断力もなしに動き回ったりしたらダメだろう!!　気まぐれでフルパワーをブッパされたら、それだけで世界が終わる！』

なるほど。

それでアロワナ王子やパッファという指導役を付けつつ、旅という経験の宝庫で常識力を磨かせようと。

神様にしては真っ当な判断ではないか。

押し付けられたアロワナ王子やパッファの迷惑を度外視すれば。

『王子らの旅も終わったところで、ソンゴクフォンに期待していた常識力がしっかり身に着いたか、たしかめてみようと思います！』

「今？」

『そう今！』

「なんで旅が終わってすぐしなかったの？」

『忘れてたわけじゃないよ!!』

忘れてたのか。

まあどちらにしてもソンゴクフォンみたいな超越者がふとした拍子に世界滅ぼしてきたら堪《たま》ったもんじゃないので、テストは有意義だな。

俺も謹んで見守らせてもらおう。

『じゃあ、これからソンゴクフォンに色々質問してみるよ！　様々な状況にどういう対処をするか、シミュレートで判断してみようではないか！』

質問一。

『ソンゴクフォンは道を歩いていました』

「あーし飛べるんでぇー。徒歩ることまずねぇーっすけど？」

『あくまでシミュレーションだから！……で、道行く先に人が倒れていました。どうやら具合が悪いようです。キミならどうする？』

常識を問うこのクイズなら、倒れた人を介抱しつつ、近くの家なりに運んでいくというのが正解だろう。

果たしてソンゴクフォンは、どう答える？

「その人を苦しめている悪者を処する」

「『はれえええええ―――――ッ!?』」

俺もヘルメス神も絶叫。

何故そんな答えに!?

『処する』って処刑するの意!? 処刑されるべき悪者は登場してないよ設定を広げないで!?

「わかるっす。苦しんでいる人の陰には必ず悪者がいるっす。悪徳領主とかバンパイアとかー」

「いないよ!?」

いないよ、ねえ……!?

「ただ助けるだけじゃ、またすぐ不幸になるっすぅー。災いを元から断つためにも、討ち入りデストロイは基本っすぅー。王子と姉御もよくやってたっすぅー」

「パッファ!?」

旅の同行者であったパッファに迫ると、即座に目を逸《そ》らされた。

「どういうことなの!? やってたの!?」

「旅の行く先々に、都合よくそういうのがいたんだよ……。ノーライフキングとか、バンパイアとか、自動人形とか悪徳領主とか」

「なんでそんなオールスター気味なの!?」

キミたちの旅イベント目白押しで楽しそうだね!?

「つまり、すべての苦しみの根源には悪が存在するんすよぉー。悪さえ除けば幸せっっーースンポーっすよー」

「その考え危険じゃない!?」

望ましくないものを取り除けば解決するという思想。

容易《たやす》く危険な方向へ転がりがち。

「どっ、どうするのコレ？　旅した結果、身についた常識がヤバい方に傾いてない？」

『ううむ人選間違ったかな……!?　いいや、それでも私は信じる！　第二問だ！　第二問できっとよりよい解答を示してくれる！　はず！』

そうだな。

次の質問に希望を懸けてみよう。

恐らく最終質問。それぐらい第一問の解答が酷《ひど》かった。

では行こう！

問題！

『アナタは絶体絶命のピンチです！　世界を救うには仲間の命を犠牲にしなければいけません！　世界と仲間、一体どちらを取りますか!?』

なんか凄《すご》いありがちなのきた!?

究極の選択！

世界すべての平和を優先させるか、それとも苦楽を共にした家族とも言うべき仲間を助けるか。

全か一か？　公か私か？　理か情か？

まさしく絶対重なり合うことのない大局的問題。どちらも正しいというべき問いに、誰もが同じ結論を出せるとは限らないだろう。

その質問に、ソンゴクフォンは、どう答えるのか。

「……仲間っす！」

おお。

あまり悩むことなく、しかも決然と言った。

「仲間を見捨てて掴《つか》める勝利などないっす！　世界を救うためには仲間は必要！　だからあーしは仲間を絶対見捨てたりはしねーからー！」

おおおおおッ!?

いいぞ、なんか良識的な物言いじゃないかよくわからんけど!?

仲間との絆《きずな》！

それが旅によって培われたもっとも大事なものなんですね！

それをアロワナ王子とパッファが、彼女に教え込んだんですね!?

ねえパッファさん!?

「まあ……!?」

気恥ずかしいのかパッファが視線を逸《そ》らしたぞ照れ屋さん。

やっぱり心配なかった！

ソンゴクフォンは旅の結果大事なものを学び取ったのだ！

「そして仲間と力を合わせて……、敵をボコボコにするっす！」

「ええーッ？」

「敵をボコる時は皆で。とりま袋叩《ふくろだた》きがデフォだってアニキと姉御に教わったっす！　世界がアブない時は、必ずヤバいことしてる悪いやつがいるっす！　ソイツをボコれば万事解決っすー！」

仲間は大事だが、皆で袋叩きするために仲間は大事だった。

しかも危機への対処が悪人の排除以外ないとばかりの口振り!?

この解答は正解なのか？

ソンゴクフォンが旅を通じて良識を獲得したかどうかは、テストの結果微妙なところだった。

竜園のケルビム

シャベだぜ。

今日も元気な一般冒険者だ。

最近はもっぱら『聖なる白乙女の山』を攻略中。

最強ドラゴンのアレキサンダー様が支配する世界一の最優良ダンジョン。

そこに挑戦することは冒険者として様々なことを学べて成長に繋《つな》がる。

ダンジョン自体が広大で、様々なタイプのフィールドがあるから複数の状況を経験でき、色んなモンスターとも遭遇して特性を知ることができる。

何よりも極大優良ダンジョンだけあって多くの冒険者が集うから、A級以上のベテラン冒険者と行動を共にする機会が多い。

皆いい人だから、色々教えてくれるんだぜ。

こんなに多くを学べるダンジョンはねーよ。

おまけにダンジョン主のアレキサンダー様が人間に好意を持ってくれているから、生還率も異様に高いし。

実際、最初は観光気分で『聖なる白乙女の山』に挑んだオレだけど、今では本気で攻略中さ。

この究極ダンジョンに挑み続けることが、オレ自身を磨くもっともいい方法だと信じられるから。

そして実際に成長できた。

攻略し始めは、第一層ですぐ力尽きて撤退していたオレなのに。

なんと今では中間地点を目前にするまで進めるようになった！

凄《すご》いことなんだぜ！

冒険者ギルドの定めた条項では、『聖なる白乙女の山』中間地点までたどり着くことのできたソロ冒険者は無条件でC級に上がれるんだ！

オレも昇格するために、次の攻略では何としても中間地点まで制覇してやるぜ!!

＊　＊　＊

……で。

実際に『聖なる白乙女の山』を攻略中。

調子いいぜ！

運がいいのか、途上厄介なモンスターに出会うこともなくてアイテムも体力も余裕がある！

時間も余っているし、途中でお腹《なか》が痛くなるようなこともないんでまだまだ先に進めそうだ！

見覚えのある道もそろそろ終わる。

未知の領域に踏み込んだら、すぐ先に中間地点があるはずだ！

ゴールはすぐそこ！

このペースを守れさえすれば、まず確実にオレは中間地点の土を踏むことができる。

C級冒険者の称号は目の前だぜ！

C級に上がれば入れるダンジョンも増えるし、収入も上がる！

金銭的余裕ができれば、聖者の農場探しに今以上の力を注ぐことができるぞ！

一歩一歩夢に近づいている感覚だぜ！

いや、浮かれるのは禁物だ。目の前の成果を確実にゲットしていく。そんな堅実さを忘れちゃシルバーウルフの兄貴に申し訳が立たないぜ！

行くぞ！

まずはC級昇格の条件、『聖なる白乙女の山』中間地点の到達にチェックメイトだ！

この最後の一歩を……！

……ん？

ぐわ――――――ッ!?

＊　　＊　　＊

……はい。

フラミネスオークのハッカイです。

……ああ、また懐かしいこの感覚。

今日はアレキサンダー様のダンジョン『聖なる白乙女の山』にお邪魔しております。

用件は、かつての旅の仲間を見届けるため。

天使ソンゴクフォンが、ダンジョンの守護役に正式就任しました。

「へいへいへいーい、どっからでもかかってくるがいいっすよー」

と言いつつマナカノンを乱れ撃ちするソンゴクフォン。

威力は人がくらっても死なない程度に抑えてあるそうです。

どうしてこんなことになったかというと……。

きっかけはヘルメス神による常識テストでした。

ソンゴクフォンのあまり芳しくないテスト結果に、さらなる指導が必要と判断。

新たな教育係として選ばれたのが最強竜アレキサンダー様でした。

『神すら滅ぼせる力を持ちながら生粋の良識者。アレキサンダーさんしかいないソンゴクフォンに常識を教えられるのは！』

とかなんとか。

元々ソンゴクフォンが農場を訪れる前、アレキサンダー様のダンジョンでバイトしていたという話も手伝ったようです。

『ソンゴクフォンが常識を覚えるまで、アナタのところで管理してください！』

というヘルメス神の自分の都合全開のお願いを、最強竜は快諾してくださいました。

『ソンゴクフォンほどの強者が良識もなく界隈《かいわい》を出歩く。それはたしかに世界の危機であろう。私ごときが役に立つのであれば、できる限り導きたい』

なんと良識的な言葉でしょう。

そういうことでソンゴクフォンは晴れて『聖なる白乙女の山』に本格勤務となり、アレキサンダー様の下で色々学んでいくことになりました。

私ハッカイは聖者様の代理として、ソンゴクフォンのことを見届けに来ましたが、パッと見た感じまあ大丈夫なようです。

しっかりちゃんと働いています。

しっかりちゃんと働いて、ダンジョン攻略する冒険者たちを薙《な》ぎ払っています。

「おぎゃあああ————ッ!?」

おっ。

また射程に入った冒険者が一人、マナカノンの直撃を受けて吹っ飛ばされました。

あれでソンゴクフォンの射撃は正確かつ俊敏なので、まあ回避は不可能です。

防御はもっと無理。

ただでさえ死なないように威力を抑えているぐらいなんですし。

「こりゃあああ————ッ！　反則野郎!!」

吹っ飛ばされた冒険者の一人がヤケクソ気味に喚《わめ》き散らします。

「テメエが陣取ってたら、どこだろうと突破不可能だって言ったじゃねえかあああッ!?　それをなんだ、奥に行くためには絶対通らなきゃいけない要衝に陣取りやがってええええええ————ッ!!」

「あ、オッサンちわっすぅ。今日も元気ぃ？」

ソンゴクフォンはあの中年冒険者と顔馴染《なじ》みのようです。

アレキサンダー様のダンジョンには以前からバイトでガーディアン役を務めていたそうなので、攻め手の冒険者とも面識があるようです。

「オッサーン、あのな？　あーしバイトで一時期だけここで無双するっつーてたじゃん？　あれはウソだ」

「なにいいいいいいッ!!」

「正式にここに就職することになったんでぇー、これからも容赦なくオッサンたちを駆逐していくよー。よろー」

「よろしくじゃねえええええッ!!」

人族の冒険者たちにとっては、ソンゴクフォンに守られている時点で行き止まりにぶち当たったも同然。

ラスボス級の強さを持った中ボスなど迷惑の極みと言うべきでしょう。

「まだだ、まだだ……！」

おや？

別の方面から立ち上がる冒険者が？

あっちは若いですな。いかにも駆け出しといった感じです。

「……オレは今日、何としてでも中間地点に到達し、C級に上がると決めたんだ。どんな障害が立ちはだかろうと関係ねえ！　オレの熱く燃える冒険者魂で乗り越えてやらあ!!」

そして一直線にソンゴクフォンへ突撃してきます。

「おおおおッ！　壁は打ち砕くためにあるんだあああああッ!!」

「マナカノンばーん」

「うぇっはあああああんッ!?」

果敢に挑む若者冒険者はあえなく一撃で吹き飛ばされてしまいました。

やっぱり気合いだけじゃどうにもならない状況もありますなあ。

このようにしてアレキサンダー様のダンジョンには新たな名物。

『遭遇したら即リタイヤの死神天使ソンゴクフォン』が爆誕したのでした。

「うぇーい！　圧倒的戦力で雑魚狩りするの楽しぃーい!!　あーしはこの新たなホームで地道にコツコツ頑張っていくっすよぉー!!」

その生活に、多くの素朴な冒険者たちが犠牲になっていく様が目に浮かぶようでした。

「あッ、そーだハッカイやん。せっかく様子見に来てくれたんだから、今日は一緒に暴れていかね？」

えッ、私ですか？

「一緒に死線潜《くぐ》り抜けた仲っしょー？　姉御や王子がいないのは寂しいけど、今日は二人だけで駆逐しよーぜー！」

まあそうですね。せっかく来たんだし。

たまには旅の頃を思い出して羽目外すとしますか。

「んぎゃあああああッ!?　なんだあのオークはあああッ!?」

「オークと思えないほど強い!?　聖属性攻撃してくるオークなんて聞いたことがねええッ!?」

「あんなツートップが守りについて突破できるかあああッ!?　S級冒険者でも無理だッ!!」

塵芥《ちりあくた》のごとく薙《な》ぎ払われる冒険者さんたちを見て、私も少し心苦しくなってきました。

すべてが上手《うま》くいきかけていてもソンゴクフォンに当たるだけで崩壊する。

鬼のような目に遭っても挫《くじ》けないでいただきたい。

スリーピングビューティ

— Let's buy the land and cultivate in different world —

「劇をやるぞ！」

いきなりヴィールが言ってきた。

「劇？」

「そうだ劇だ！　ジュニアに劇を見せて喜ばせてやるのだー！」

と言う。

なるほど。

大変いいのではないでしょうか？

演劇などいかにも子どもが喜びそうだし、情操教育にもいいだろう。

ジュニアのことを考えてそんな催しまで企画してくるとは、ヴィールは本当にジュニア思いなんだなということが伝わってきた。

「うむ、では観賞させてもらおう」

「そうねー」

俺とプラティとジュニアの三人で観賞することにした。

ただ問題として、まだ赤ん坊のジュニアに演劇を理解できるかわからない。

代わりに親の俺＆プラティが理解していればよかろう。

ジュニアは母たるプラティの膝の上で『何が始まるの?』とばかりに周囲を見回している。

「それでは開演だ！　演目は『眠れる森の美女』！」

おお。

俺がヴィールに話して聞かせたことのある昔話じゃないか。

原作あっちの世界で、大まかな流れとしては呪いで眠りに落ちたお姫様が王子様のキスで目覚めるオーソドックスな話。

ヴィールも意外とロマンチックな演目をチョイスしたものだな。

まず冒頭。

生まれたばかりのお姫様に妖精たちが贈り物をするシーンだが……。

何かが大挙して押し寄せてきた。

小さな可愛《かわい》い集団。

「よーせーですー！」

「あたしたちは、よーせーなのですー！」

「しゅくふくを与えるのですー!!」

大地の精霊たちだった。

自然の運行を司《つかさど》る霊的存在が、実体化して可愛い女の子の姿をしている存在。

しかも一人ならずいて、今も複数が雲霞《うんか》のごとく集まってくる。

「なるほど、キミたちが妖精役か」

妖精を演じる精霊と言われるとなんともモヤッとするが……。

妖精と精霊の違いって何？

「あたしたち、よーせー役なのですー！」

「ヴィール様のよーせーで、よーせーを演じているのですー！」

「よーせーされて、よーせー役になったのですー！」

わかったから畳みかけるな。

妖精を演じる精霊たち。その劇中での役割は、お姫様の誕生祝いに様々な贈り物をすること。

プレゼントは美貌とか美徳とか、おとぎ話らしく曖昧なものばかりだが……。

「ジュニア様にしゅくふくですー！」

「たんじょうの贈り物ですー！」

「びぼーと、うたごえをプレゼントするのですー！」

ってなんでウチのジュニアに群がっておる？

違うだろう。キミたちが群がるべきは『眠れる森の美女』の主人公のお姫様だろう？

っていうかその肝心のお姫様役がいない？

「がっはっはー、見たかご主人様!?」

ヴィールが高笑い。

「これがこの劇の目玉！　主役はジュニアなのだー！」

「なにいッ!?」

「ジュニアを主役に見立てるように、わざわざ赤ちゃんが出てくるお話を演目にしたのだぞ！　これによってジュニアは物語の主役という非日常感を味わえるのだー！」

ヴィールめ、演劇にかこつけてそんな心にくい演出を用意していやがったとは!?

たしかに子どもにとっては滅茶苦茶《めちゃくちゃ》楽しそうな企画であるが、ちょっと待ってほしい。

『眠れる森の美女』の主役はお姫様だよね？

ウチのジュニアは男の子なんだけども!?

当人と配役の性別違うって致命的ミスじゃないでしょうか!?

「ふっふっふっふっふ……！」

何処《どこ》からともなく聞こえてくる不気味な笑い声？

今度はなんだ!?

演者の精霊たちも、脚本に従うように反応する。

「むむッ、これはー！」

「次のセリフなんですー？」

「まじょです！」

「まじょが来たですー!!」

魔女？

セリフ忘れてる精霊が若干名いたけれど。

場面転換のノリに合わせて登場した、黒マントを羽織るキャラクターは……。

「……ガラ・ルファじゃないか？」

我が農場に勤める人魚の一人で『疫病の魔女』と呼ばれている。

彼女まで出演？

「あの子何やってるのよ？」

隣で観劇するプラティも呆《あき》れた表情をするのだった。

「ふふふ……、よ、よくも私をハブってくれたわねー」

ガラ・ルファ、いかにも覚えたセリフを暗唱するような棒読み口調。

「っていうか、ガラ・ルファが魔女役なのか？　元から魔女と呼ばれているのに？」

「それだけにハマり役とも言えそうだけど。あまりにもセリフが棒ね？」

ガラ・ルファの棒読みっぷりは、見ている俺とプラティがハラハラするほどだった。

「私をのけ者にした仕返しに、その子に呪いをかけてやろう。私をのけ者にした仕返しにー……」

この役どころはアレだ。

『眠れる森の美女』の中で、姫の誕生祝いに呼ばれずハブられたのでキレる魔女だ。

そのキャスティングにガラ・ルファ。

何やらハマりすぎて怖いものがある。

「姫には死ぬ呪いを……。ヒッ!?　いくらお芝居とはいえ聖者様とプラティ様のお子様にそんな恐ろしいことできません！　ここは……、そう、もっとソフトな呪いにしましょう！」

勝手に話を変えてきた。

「そうですね……、ではこうしましょう！　ジュニア様にはありとあらゆる細菌から好かれて群がられる呪いをかけます！　むしろ細菌たちの人気者になって嬉《うれ》しいです！　これはもはや呪いではなく祝いです！」

ガラ・ルファの細菌好きが出てきた。

異世界ファンタジーで唯一細菌の存在を知るガラ・ルファゆえに、彼女の細菌愛は留《とど》まるところを知らない。

「ぎゃー！　なんつー呪いをかけるのよ!?」

プラティが母として悲鳴を上げる。

「細菌が、病気の原因になったり危険なものだってのはアタシも勉強して知ってるのよ!!　まだ赤ん坊で強くないジュニアに細菌群がってきたら死ぬわあああっ！」

「落ち着いてプラティ。あくまでお話の中の設定だから……！」

マイルドにするつもりで超ド級の呪いを生み出すガラ・ルファ。

さすが六魔女最狂の称号は伊達《だて》ではない。

とりあえず自分の役目を終えて魔女役ガラ・ルファは退場していった。

充分すぎるほどの怪演だった。

「そしておれがついに登場なのだー！」

ヴィールが出てきた。

このタイミングはまさか。『眠れる森の美女』の展開と照らし合わせるに、魔女の呪いに対抗する最後の妖精役がお前なのか？

一番いい役を持っていきやがって。

「しかし魔女役め、おれの完璧な脚本を無視してアドリブを入れやがるとは度胸なのだ。ならばおれもそれ以上のアドリブを繰り出さねば主演の面目が立たん！」

お前が主演なのかよ。

「なのでおれから魔女の呪いを遥《はる》かに凌駕《りようが》する祝福を与えるのだー。竜の腕力、竜の魔力、竜の寿命をジュニアに与えてやるのだー」

ヴィールの体が輝き出し、お芝居ではなくガチで竜魔法を発動させる直前……。

「演劇で本気になるなッ!!」

プラティに蹴り飛ばされた。

「だからジュニアに無茶《むちゃ》な強化施さないって普段から言ってるでしょう!?　神々たちの二の舞コースじゃない!?」

「ぐえええ……！　そうだったのだ……！」

以前も地と海の神々がジュニアにとんでもない祝福を与えようとして騒動になったことがある。

＊　＊　＊

それで結局、ヴィールによる『眠れる森の美女』の劇はそこで中止となった。

何よりヒロインのお姫様をウチのジュニアに見立ててしまったから、それ以上進みようがない。

何年も経《た》って姫が成長してからの展開をどう演じていけばいいのか？

何度でも言うが、ジュニアは男の子だから姫じゃない。

「ううむ……！　ジュニアを劇の一部に取り入れれば面白いと思ったのに……！　こんな落とし穴があったとは!!」

ヴィールは、自分の脚本の作り込みの甘さに打ち震えていた。

まあコイツもジュニアを面白がらせようと思って劇なんかを企画したんだし、親として感謝しておこう。

「おしばい面白かったですー！」

「またやるですー！」

「あいとかんどーのスペクタクルを繰り広げるですー！」

役者として大地の精霊たちも楽しんだようだ。

劇という企画自体はよかったので、ジュニアがもう少し大きくなって判断がつくようになったらまた挑戦してもいい。

「ジュニアを出演させられるように赤ん坊の出てくる劇をと思って眠れるアレをチョイスしたが、もっとシビアに選別すべきだった。……少なくとも、主人公がジュニアと同じ性別じゃないとダメなのだ！」

ヴィールはまだ反省していた。

そして次に繋《つな》げようとしていた。

「ならば、男の子の赤ん坊が登場する劇を次にやるのだ！　それはつまり桃太郎！　ご主人様！

ジュニアをコイツの中に入れてくれ！」

『どうも、桃の樹霊モモチタンバです』

ヴィールがなんか巨大で喋《しゃべ》る桃を差し出してきた。

「コイツからパッカーンと割れて出てくる爽快感をジュニアに体験させるのだ！　桃太郎として

ヒーロー気分も味わえるぞ！」

「やめなさい」

ジュニアはまだ幼いんだから、そんなハードな演技を求めるな。

S級冒険者シルバーウルフさんがいた。

農場留学制度、特別講師としてお呼びした方ではあったが、特別授業が終わったあと俺から思い切ってお願いしてみた。

「冒険者になりたいですッ！」

「うん？」

シルバーウルフさん困惑の表情で……。

……狼《おおかみ》の獣人だからむしろ面食らった柴犬《しばいぬ》みたいな顔だったが……。

「聖者様、アナタがか？」

「はいッ！」

ファンタジー業界最高の憧れ職業、冒険者！

俺も異世界へ迷い込んだ者として、冒険者に対する漠然とした憧れがないとも言えない！

俺だってスタート地点から歩き出す向きがちょっとでも違ったら、ギルドに行って冒険者になりクエストを受けて……という話の展開だったかもわからんのだ。

昇級試験の試し撃ちで、いきなり標的ごと建物を全壊させて『なんかやっちゃいましたかね？』っていうこともやってみたかった!!

「せっかく最高の冒険者であるところのシルバーウルフさんがいらっしゃったからには、これをいい機会と色々相談に乗ってもらおうかと！」

「そうですかー」

もちろん冒険者のお仕事を舐《な》めているわけではありません！

常に危険と隣り合わせの職業、俺のごとき素人が一朝一夕になれるものではないと心得ております。

もちろんこの農場をこれからも発展させていきたいという本来の使命もありますし……。

でもせめて一日ぐらい夢の職業、冒険者を体験してみたいと思うではありませんか。

「なのでシルバーウルフさんに御指導してもらって、一日冒険者とかできませんでしょうか!?」

「はぁ……！」

シルバーウルフさん!?

今明らかに鬱陶しそうなため息つきましたね!?

「いや失敬……、そのようなお願いはどこに行っても受けるものでな」

「へ、へぇ…!?」

「山師商売なせいか理想が独り歩きしていることは多い。実際には他のどんな職業よりも地道で報われないことが多いのだがな……」

夢を押し付けてしまって、なんかすみません……！

「しかし全冒険者のトップ……S級冒険者ともなれば、業界全体のイメージアップも重要な役目！

カタギの方々のご期待に応えなくてはな！」

ホント大変なんだなトップに立つ人たちって。

「一般の方々に求められた場合に応じて、特別なプログラムを用意してある！」

プログラムとな？

それは一体!?

「冒険者適性審査だ!!」

てきせー審査？

「少しの間だけでも冒険者を体験してみたい！　そんな人たちのために手軽で安全に、冒険者に向いているかどうかを試してみるプログラム！　聖者様よ、それを受けてみるかな!?」

「受けます受けます！」

なんてユーザーに配慮しているんだ冒険者!?

わざわざ、そんな一日体験みたいなイベントを用意しているなんて、外への理解を深めようとする企業努力なのか!?

「たった一日の体験でキミも冒険者！　さあキミも特別な冒険者ライフを過ごそう!!」

「いやっほう!!」

「では早速始めていこうではないか。適性審査は、いくつかの段階に分けて進められる。さあ、キミはいくつまでクリアできるかな!?」

シルバーウルフさん、ノリノリで進めていきなさる。

この気さくさ、本当に世界規模で選《え》りすぐられた最高冒険者のノリなのだろうか⁉

「では冒険者適性審査、第一講は……」

どん。

「……武器選びだッ‼」

……。

武器選び？

「そう、モンスターや野盗から身を守るためにも武器は冒険者の必需品！　しかし一口に武器と言っても様々な種類がある！　自分にもっとも合ったタイプの武器が何か、しっかり把握しておくことも長生きの秘訣《ひけつ》と言えるだろう！」

なるほど。

たしかに向き不向きは大切だもんな。しっかり把握せずにいたら分身を作るだけで才能をすべて使いきってしまう。

「というわけでベテラン冒険者が厳選した候補から、自分に一番合ったものを選び出してもらおう！　選択肢はこの五種類！」

その一、ナイフ。

「おお！」

その二、スコップ。

「おお？」

その三、トランプ。その四、ヨーヨー。その五、絨毯《じゅうたん》。

「ちょっとちょっとちょっと？　これ本当に武器なんですか？　どっちかと言うと日用品では？」

「何を言う？　冒険者にとって武器こそもっとも身近な日用品ではないか？」

そんな業界の常識みたいな感じで言われても。

通販サイトのカテゴリ分けでもトランプやスコップが『武器』カテゴリに分けられるとは思えないんですが……!?

インテリアか日用雑貨のカテゴリでしょ？

「素人さんに大剣やらランスやら使いこなせるわけがないからな。あからさまなハズレを交ぜておくことで、もっとも無難なナイフやスコップを引いてもらおうという魂胆だ！　本命が地味な分は、せめてハズレ枠で賑《にぎ》やかそうという魂胆なのだよ！」

そんな裏事情的なことを堂々と言わないでシルバーウルフさん！

くッ、たしかにトランプや絨毯の柄は派手で華やかだけれども……！

所詮初心者じゃ大型武器をぶん回してコンボ決めるなんて不可能なのか……!?

しかし運営の思惑にそのまま乗るのも癪《しゃく》なので、ここはあえてトランプを選ぶぜ！

えいッて投げたら木の幹に突き刺さった。

「いッ？」

少年漫画愛読者にとってトランプは飛び道具。

手裏剣みたいに投げ放ち、標的に百発百中！

「俺、なんかやっちゃいましたかね!?」

「なんかやってる確信あるだろう!?」

次は絨毯使ってみるか。

こんなに大きくて分厚い生地なら様々な使い方ができるのは確実。

広げて盾にするもよし、丸めて筒状上にすればぶん殴って何でもへし折ることが可能だ。

さらにはヨーヨー。

食らえ必殺! スパイダー・ベイビー!

「ぐあああああああッッ!?」

なるほど。一見ただの玩具やインテリア用品に見えても冒険者が使えば恐るべき武器になるということですな!?

ヨーヨーもトランプも小さくて携帯性が高いし、野営するとなった時に絨毯は有り難いツールになる。

けっしてバトルのことだけを考えて判断しない。これが『生き残るプロ』冒険者の頭脳というわけか!

そうなんですねシルバーウルフさん!

「はい、まあ、そうです……!?」

俺は『至高の担い手』があるおかげで何持っても武器として一定以上の性能になるんですけどね。

なのでこの五種類の中から何が一番使えるかと問われたらアンサーは……。

『全部使える』でした。

「うぬぬぬ……!? いいだろう、では冒険者適性審査、第二講……、薬草採取だ！」

薬草採取!?

また基本ですな!?

「まあ実際、冒険者になったら誰もが最初に請け負うクエストなのでな。何より派手な討伐クエをやりたがる人でも素直に受けてくれる」

なんか逐一身につまされる……ッ!?

「聖者殿には、こちらで用意した世にも珍しい薬草を探し出してもらう！ 既にその辺に植えてあるので、見覚えのない変わった草を注意深く見分けてほしい！」

その辺だって!?

ここは農場の一角で、そのうち開墾予定の何もない原っぱ！ 雑草がこれでもかってほど生い茂っている！

こんな雑草塗《まみ》れの中から、変わった草一つを探し出せというのか……!?

「では肝心のクエストターゲットを教えよう。……それは『ザッソウモドキ』だッ!!」

「ざ、『ザッソウモドキ』ッ!?」

「そう、見た目に何の特徴もなく、その辺に生えている草と変わりない。しかし確かな薬効をもっていて市場では高値で取引される！ 見分けるのに確かな経験とノウハウが必要となる、非常に玄人向けの素材なのだ！」

そんなものを課題にもってくるなんて……意図的だな！

イベントの難易度を上げて挑戦者にやりごたえを感じてもらうのと同時に『冒険者の仕事はこんなにも大変なんだぞ！』とアピールをしようという目的か。

よぉし！　だったら俺も全力で挑むまでよ！

行くぞ『至高の担い手』！　『ザッソウモドキ』を生やすんだ！

「ええーッ!?」

俺の手に宿る『至高の担い手』で、触れたものの能力を最大限以上に引き出す。

なので地面に触れたら、たとえ種を撒《ま》いた覚えのない作物でも望み通りに芽を出し伸びる！

そして摘む！

はいシルバーウルフさん！　御所望の『ザッソウモドキ』一束です!!

「……いや、一本あればそれで充分だったんだけど……!?」

「俺！　なんかやっちゃいましたかねッ!?」

「わかっていてやっているだろうッ!?」

すみません前々から言ってみたかったもので!!

「くッ……!?　そうだな、考えてみれば相手は農場の聖者。世界二大災厄すら従える超越者……！

一般人向けの簡易クエストでは却《かえ》って失礼ということか……!?」

いえいえ。

超越者なんて恐れ多い、私めなど何の変哲もない農民ですよ？

「ならばこちらも遠慮は無用！　冒険者適性審査第三講は、それこそ真の冒険者になれるかどうかを試させてもらおう、課題は……ドラゴン退治だ‼」

「ドラゴン退治ッ⁉」

「無論本物と戦うわけではない。本当にドラゴンに挑んだら色々周囲がとんでもないこととなってしまうからな！　冒険者ギルドにはこんな時のために、ドラゴンの幻影を投射できる魔法装置があるのだ！」

そんな便利なものがあったのか？

「幻影でもド迫力なので、素人が目の当たりにしたら腰を抜かすのは必定！　その生存本能に根差した恐怖にキミは耐えられるかな⁉　耐え抜けたなら、その時こそキミは真の冒険者だ‼」

「よろしくお願いします！」

「いいだろう！　それでは一旦ギルドに戻って幻影投射装置を持ってこないと……！」

え？　今持ち合わせているわけではないんですか？

まあ概要を聞くだけでも大がかりそうな装置だし、そう気軽に持ち歩けないのも仕方がないのかな？

「ようしわかった！　ならば俺に任せてください！」

「と言うと？」

「僭越《せんえつ》ながら装置の代わりになりそうなものは、こっちで用意できます！　ヴィール！　ヴィールやーい！」

俺が名を呼ぶとほどなく現れる巨大飛翔《ひしょう》体。

天空をかき乱すように羽ばたいて降りてくる。

我が農場に住むドラゴンのヴィールだった。ドラゴン形態と人間形態を使い分ける彼女だが今回はドラゴン形態で来てくれた。

その方が今回話が早いので助かる。

『何なのだご主人様ー？　おれは今、死体モドキに負けないダンジョン改造中で忙しいのだ！』

「忙しいところ申し訳ない！　ちょっと手伝ってほしいことがあるんだけども！」

『まあご主人様に頼まれたら大抵何でも後回しなのだ！』

「実はシルバーウルフさんがドラゴンの幻影を映す装置を使いたがっているんだけど今持ってないんで、ヴィールが幻影の代わりしてくれない？」

『ご主人様の言ってること、なんかおかしくないか？』

うん、俺も言ってる途中でそんな気がしてきた。

ドラゴンのフェイクを映し出す幻影装置がないんで本物のドラゴンに偽物の代わりになってもらおうって、これも本末転倒と言っていいんだろうか？

『まあいいのだ、さっさと始めてさっさと終わらせることにしよう。設定はどんな感じなのだ？』

「俺がドラゴンスレイヤーになる話」

『現時点で似たようなもんじゃねーか。まあいいか、じゃあ設定どおりに……うぎゃあああああッ！

やられたぁあああああッ!?……じゃッ、そういうことで』

「おつかれー」

『この褒賞は夕飯のメニューの決定権でいいのだー』

見返りを求めるとはいえ、ちゃんと付き合ってくれるヴィール優しい。

……さて、いかがでしょうシルバーウルフさん!?

多少手前味噌で自作支援なところはありましたが、無事ドラゴンとの戦いを生き延びることができました!

少しは冒険者らしいことができましたでしょうか!?

「…………」

……シルバーウルフさん?

「御見《おみ》それしましたーッ!?」

呆然《ぼうぜん》としていたかのように見えた次の瞬間、ダイビング土下座。

最高ランク冒険者による。

「そもそもアナタを試そうという考え自体が間違いでしたッ!? アナタはもう、この世界にあるすべての不思議を解き明かせる立場にあります! 強さも知恵も能力も、S級冒険者の上! アナタが冒険者になられたら、私たちより上の……冒険者神というべき称号が必要になるでしょう!!」

なんか緊急に、俺専用の称号が創造された。

「神のごとき冒険者……GOD級……つまりG級冒険者! 聖者様にはG級冒険者の称号が相応《ふさわ》しいですぅううううッッ!!」

正式に就任する前から最高以上の称号を与えられてしまった。

……。

どうやら俺は冒険者には向いていないようだ。

身の丈に合わないことをせず、俺は農家として作物を育てて暮らしていこうと思う。

あとがき

『異世界で土地を買って農場を作ろう』。

無事十巻まで出させていただくことになりました。

十です。実に区切りのいい記念すべき数字ですね。

個人的にも続刊記録を更新してとても嬉《うれ》しい感じですが、それも読者の皆様が応援してくれて、たくさん本を買っていただいたおかげで心より感謝しています。


今回作中でも様々なキャラクターが出てきて賑《にぎ》わせてくれましたが、作者的に一番印象に残ったのはS級冒険者シルバーウルフでしょうか。

冒険者といえばライトノベルで一番人気の職業。もはや勇者すら超えてファンタジー異世界で『将来なりたい職業ランキング』一位に輝くこと間違いありません。

本作の主人公は冒険者の道に進むことはありませんでしたが、なんかまかり間違えばそっちの方へ行ってごく標準の異世界転移ストーリーを展開していたんじゃないかなあ……というのが本巻の番外編を書いてみたきっかけでした。

ウチの主人公はきっと冒険者の道を進んだとしても逞《たくま》しく生きたことでしょう。


そろそろ締めの謝辞を。

区切りの十巻ということで改めて念入りに行いたいと思います。

イラスト担当の村上ゆいち先生、いつも美麗なイラストをありがとうございます。先生が描いてくれるヴィールやプラティ他諸々《もろもろ》のコミカルさがいつも楽しみです。

そして担当編集のH様、本作がここまで続いたのもご協力あってのことです。ここまでお導きくださりありがとうございました。

そして、ここまでお付き合いいただいた読者の皆様もありがとうございます！　これからも皆様がお楽しみになれるよう筆を振るっていくつもりです！

頑張ります！！

OVERLAP NOVELS

異世界で土地を買って農場を作ろう 10

発　　行　２０２１年10月25日　初版第一刷発行

著　　者　岡沢六十四

イラスト　村上ゆいち

発 行 者　永田勝治

発 行 所　株式会社オーバーラップ
〒１４１－００３１
東京都品川区西五反田８－１－５

校正・ＤＴＰ　株式会社鷗来堂

印刷・製本　大日本印刷株式会社

ISBN 978-4-8240-0027-9 C0093

【オーバーラップ　カスタマーサポート】
電　　話　０３－６２１９－０８５０
受付時間　10時～18時（土日祝日をのぞく）

作品のご感想、ファンレターをお待ちしています

あて先：〒141-0031　東京都品川区西五反田8-1-5 五反田光和ビル4階　オーバーラップ編集部
「岡沢六十四」先生係／「村上ゆいち」先生係

スマホ、PCからWEBアンケートにご協力ください

アンケートにご協力いただいた方には、下記スペシャルコンテンツをプレゼントします。
★本書イラストの「無料壁紙」　★毎月10名様に抽選で「図書カード（1000円分）」

公式HPもしくは左記の二次元バーコードまたはURLよりアクセスしてください。
▶ **https://over-lap.co.jp/824000279**
※スマートフォンとPCからのアクセスにのみ対応しております。
※サイトへのアクセスや登録時に発生する通信費等はご負担ください。

オーバーラップノベルス公式HP ▶ **https://over-lap.co.jp/lnv/**

第9回 オーバーラップ文庫大賞
原稿募集中！
イラスト：KeG
紡げ、魔法のような物語！
【賞金】
大賞…300万円
（3巻刊行確約＋コミカライズ確約）
金賞……100万円
（3巻刊行確約）
銀賞……30万円
（2巻刊行確約）
佳作……10万円
【締め切り】
第1ターン 2021年6月末日
第2ターン 2021年12月末日
各ターンの締め切り後4ヶ月以内に佳作を発表。通期で佳作に選出された作品の中から、「大賞」、「金賞」、「銀賞」を選出します。
投稿はオンラインで！ 結果も評価シートもサイトをチェック！
https://over-lap.co.jp/bunko/award/
〈オーバーラップ文庫大賞オンライン〉
※最新情報および応募詳細については上記サイトをご覧ください。
※紙での応募受付は行っておりません。